SV

Bohumil Hrabal
Verkaufe Haus, in dem ich nicht mehr wohnen will

Roman in sieben
Erzählungen

Aus dem Tschechischen
von Karl-Heinz Jähn

Suhrkamp Verlag

Titel der Originalausgabe:
Inzerát na dům, ve kterém už nechci bydlet
Mladá fronta, Praha 1965

Erste Auflage 1994
© der deutschsprachigen Ausgabe
im Suhrkamp Verlag Frankfurt am Main 1994
Alle Rechte vorbehalten
© Bohumil Hrabal 1965
Satz: Satz-Offizin Hümmer GmbH, Waldbüttelbrunn
Druck: Nomos Verlagsgesellschaft, Baden-Baden
Printed in Germany

Verkaufe Haus, in dem ich
nicht mehr wohnen will

Kafkarien

Morgen für Morgen tritt auf Zehenspitzen mein Wirt zu mir ins Zimmer, ich höre seine Schritte. Und das Zimmer ist so lang, daß man von der Tür bis zum Bett gut und gern mit dem Fahrrad fahren könnte. Mein Wirt beugt sich über mich, dreht sich um und gibt irgendwem in der Tür ein Zeichen und sagt:

»Der Herr Kafka ist da.«

Und sticht dreimal mit dem Finger in die Luft und macht kehrt und geht langsam zur Tür, wo ihm anscheinend die Wirtin ein Blechtablett mit einem Hörnchen und einem Topf Kaffee übergibt, mein Wirt bringt es mir, und da ihm die Hände zittern, klappert das Töpfchen auf dem Tablett. Manchmal stelle ich mir nach einem solchen Aufwachen vor, mein Wirt verkünde, indem er mich auf diese Weise weckte, ich sei nicht da. Das würde mich furchtbar erschrecken, denn sie melden mich schon seit ein paar Jahren so an, eingedenk der ersten Woche, da sie mir Tag für Tag das Frühstück gebracht haben und ich nicht im Bett war.

Damals hatte es geregnet wie im Tertiär. Der Fluß schleppte sein Wasser im immerwährenden Rhythmus dahin, und ich stand im Dauerregen und wußte nicht, ob ich mit dem Zeigefinger anklopfen oder lieber weggehen sollte. Das Epaulettenlaub zwitscherte in den Baumkronen, ein paar Lampen schienen durch die Zweige, und in einer halboffenen Zimmertür entkleidete sich ein Körper für den Schlaf oder für die Liebe.

Das Nachttischlämpchen trieb seinen Schatten über die emailblanke Tür ins Nichts. Und ich fragte mich, war der Verursacher des Schattens allein, oder war da jemand bei ihm? Geschlottert habe ich damals, denn bei Nacht ist der Regen kalt, und die Spuren zerfließen im schlammigen Gepladder. Doch es ist gut, in der Furcht daheim zu sein und vor Angst die eigenen Zähne zu hören, es ist gut, das Leben dem Verderben zu überlassen und morgens von neuem zu beginnen. Auch ist es gut, auf immer Abschied zu nehmen und das Unglück zu preisen wie der schlaue Hiob. Damals aber stand ich in dem Dauerregen und wußte nicht, ob ich anklopfen oder weggehen sollte, denn ich hatte nicht den Mut, mir das eifersüchtige Auge im Gehirn auszustechen. Ich betete, du regennasse Nacht, laß mich hier nicht stehen, o regennasse Nacht, überantworte mich nicht den banalen Schönheiten hier, laß mich wenigstens im Schmutz knien und das verschlossene Haus ansehen. Am Morgen fragte ich dann: »Poldinka, haben Sie mich noch lieb?« Sie antwortete: »Haben Sie mich noch lieb?« Ein andermal, wenn ich aufwache, werde ich fragen: »Papst, schläfst du?« Eines Tages werde ich einen Taschenspiegel brauchen, den ich ihr an den Mund halte, eines Tages wird er nicht beschlagen.

Jetzt gehe ich durch den Ungelt, blicke auf den Jakobsdom, wo Kaiser Karl Hochzeit gehalten hat. An der Ecke der Malá Štupartská hat mein Zimmerwirt mal eine Ohrfeige gekriegt, nicht, weil er Detektiv der Sittenpolizei war, sondern weil er zwei betrunkene Kerle voneinander getrennt hatte. Im Ungelt, da steht das Häuschen, wo ich einige Zeit unterm Dach gewohnt habe, wo jedoch immer durch meine Kammer der blinde Harmonikaspieler in sein Zimmer ging. Gar zu gern hätte ich gewußt, wie der Kaiser diese Prinzessin geliebt, wie er die Hufeisen geradegebogen und die zinnernen Tabletts zwischen den Fingern zu Tüten gerollt hat. Gar zu gern hätte ich das gewußt, und ich schaue auf den Laubengang, wo die Marchesa della Strade spaziert ist, deren Haut so zart war, daß sie, wenn sie Rotspon trank, den Wein in ein Glasröhrchen zu füllen schien.

Und ich trete in das Haus, in dem ich wohne. In alten Zeiten hatte sich einmal in der Teinkirche eine Glocke beim Läuten losgerissen, war durch die Luft geflogen, dann durch das Pfannendach, hatte darauf die Decke durchschlagen und war in das Zimmer gefallen, in dem ich wohne. Die Wirtin liegt im verträumten Fenster, die Gardinen bauschen sich, und die unsichtbare Welt lebt auf. Ich beuge mich aus dem Fenster im dritten Stock, die steinerne Wand der Teinkirche ist fast in Reichweite. Und die Wirtin läßt den Asparagus ihres rotblonden Haares zu mir herunter, und ein Hauch von Heidelbeerwein schwingt darin mit. Ich blicke die Gottesmutter an, die in die Wand einzementiert ist und die so streng ist wie der Markgraf Gero. Fußgänger gehen am ausgebrannten Rathaus vorüber und grüßen einen unbekannten Soldaten.

»Wissen Sie was?« flüstert die Wirtin hinter mir, »kommen Sie, wir wollen uns nur ein ganz kleines, freundschaftliches Küßchen geben.«

Ich sage: »Nicht böse sein, Gnädigste, aber ich bin der Meinen treu.«

»Na schön!« zischte sie. »Aber im Saufen und Rumtrei-
ben, da sind Sie groß.« Sprach's und lief hinaus und
zwackte den Duft des Heidelbeerweins hinter sich ab.
Die Gardinen sind gebläht, dann sinken sie langsam
wieder herab, und erneut fassen Tausende kleiner Koli-
bris den Organdy wie eine königliche Schleppe mit
ihren Schnäbelchen, und erneut bauschen sich die Gardinen im Luftzug. Irgendwann spielt jemand in unserem Haus die »Kleine Geläufigkeitsschule« auf dem
Klavier, unterm Fenster steht ein abgerissener Mensch,
und sein Gesicht ist ebenso knautschig wie sein Vulkan-
fiberkoffer. Quecksilber rinnt über die Wände des
Doms. Die gedunsenen Eulen und Paviane auf den Sim-
sen sind eingenickt.

»Gestatten Sie, ich halte Zahnbürsten feil.«

»Aber nein, das ist nicht möglich.«

»Aus Frankreich, ja, Nylon, zweihundertachtundsech-
zig Kronen das Dutzend.«

»Nein, nein, nein, das ist nicht möglich.«

»Zu teuer? Bitte sehr, aber Ihre Klienten werden wunderbar auf dem Parkett tanzen, das mit unserem Mittel
gebohnert ist, Herr Assistent.«

»Deshalb hat sie so gejammert!«

»Und als Neuheit, kann ich Ihnen verraten, haben wir
Kinderhaarbürsten auf Lager. Darf ich notieren?«

»Ja, doch ich kann sie niemals verlassen.«

»Bitte, aber das ist ein Devisenrohstoff.«

»Dein ganzes Haus werde ich mit Blumen und einem
Fluch bedenken.«

»Und bei Barzahlung könnte ich zwei Prozent Skonto
gewähren.«

»Die Ware würde ich franko absenden, nächste Woche wäre sie hier. Und das da? Das ist ein Präparat, das die Firma Hřivnáč und Co. herstellt. Jawohl, derselbe, der sich aufgehängt hat. Und warum? Weiß ich nicht. Da müßten Sie mir freundlicherweise erst einmal sagen, warum der Kreisrichter bei uns den Verstand verloren und warum der Leichenbeschauer gelacht hat. Denn es reicht doch, die Krawatte ein bißchen fester zu ziehen und den eigenen Schatten zu fragen: Inwiefern, Bruder, lebst du?«

Ich springe aus dem Bett und beuge mich aus dem Fenster in die Gasse hinunter, wie in einen Brunnen. Ein blonder Frauenkopf drunten gibt einem Jüngling ein Küßchen, Küßchen wie Peitschengeknall. Und der Luftzug trägt sie bis zu meinem Bett herauf.

»Weich nicht zurück, hast du mich denn kein bißchen lieb?«

Die Blondine bettelt, und die Blasen der Stille steigen zum Mond hinauf, der auf dem Seil der Nacht tanzt, durch drei Wände hindurch höre ich das Schnarchen des Kochs, mit dem ich zusammen gewohnt habe. Jeden Tag habe ich mir ein weiches Brot kaufen müssen, sonst wäre ich nicht eingeschlafen. Dieser Koch kann so schnarchen, daß ich mir weiche Brotpfropfen in die Ohren stecken, mich immer für die Nacht einmauern mußte. Nun legt sich die Blonde voll Zärtlichkeit auf den Sandhaufen neben dem Dom und zerrt das Jüngelchen über sich. Ein paar kalkige Faßreifen kullern über die Liebenden, Maurerkrempel poltert, doch sie hören nichts. Ein weißer Reifen rollt wie ein Vollmond die Gasse hinunter. Die Hände der Gottesmutter sind einzementiert, sie kann nicht mal ihrem Söhnchen die Augen zuhalten.

Dann schließen die Figaro-Bar, die Spinne, das Chapeau Rouge, Romania und Magnet. Irgendwer kotzt hinter der Ecke, an der Ecke des Altstädter Rings schreit ein Bürger:

»Mein Herr, ich bin Tschechoslowake!«

Und der andere haut ihm eine runter und sagt:

»Schön, na und?«

Aus dem Laubengang guckt ein Weibsbild, Blut fließt ihr aus der Nase, als hätte auch sie gerade dem bösen Bürger erklärt: Mein Herr, ich bin Tschechoslowakin! Und mitten über den Platz schleppt ein schwarzgekleideter Herr eine Dame in einem Kretonnekleid, er zerrt sie durch eine Pfütze und klagt dem Himmel:

»Eine feine Nutte hab ich mir da genommen! Eine feine Hure hab ich mir da genommen!«

Und die Dame umklammert seine Beine, doch der Mann in Schwarz stößt sie mit dem Fuß zurück, und sie legt sich in die Pfütze, ganz zusammengekauert wie eine Fotografie in einem ovalen Rahmen, und ihr Haar schwimmt wie Seegras auf der schmutzigen Lache. Erst jetzt ist der Mann im Ausgehanzug zufrieden. Er kniet sich ins Wasser, windet die nassen Haare zu einem Seil zusammen, dreht das verweinte Gesicht der Frau zu sich herum und fährt mit dem Finger den geliebten Zügen nach, dann hilft er ihr auf die Füße, sie haken sich unter, küssen sich und gehen lockeren Schrittes wie die Heilige Familie von dannen. Sie gehen hinüber zum Kleinen Ring, wo der schwarze Mann ausholt, als ziehe er einen Säbel, und dem leeren Platz zuruft:

»Der Sieg des Geistes über die Materie!«
Dann fuhr eine Straßenbahn vorüber mit ein paar Ge-
henkten, die an den Händen baumelten, ein Fußgänger
fiel nieder und wollte das Pflaster anzünden. Breitbeinig
steht jetzt ein unsichtbarer Stier über der Stadt, und
man sieht von ihm nur die rosigen Hoden.

Manchmal gehe ich schon vormittags in die Kotce-
Gasse. An der Ecke kaufe ich mir die Planeten für alle
Monate, den Bortenverkäuferinnen fließen die bunten
Bänder aus der Nase, wenn sie sie mit der Elle abmessen,
den Kräuterfrauen sprießt jeden Tag ein Sonnenschirm
aus dem Scheitel. Oft tappen Greisinnen aus den Höh-
len der Gasse, ihre Gesichter sind vernarbt von den
Tierkreiszeichen, und ihre Augen sind wie zwei Stückchen Leopardenfell. Sie tragen närrischen Krimskrams
ans Licht. Die eine verkauft grüne Rosen aus Flaumfe-
dern, ein Admiralsschwert und die Knöpfe einer Zieh-
harmonika, die andere hält Soldatenturnhosen und
Eimer aus Leinwand und einen ausgestopften Affen feil.
Auf dem Kohlenmarkt haben die Verkäuferinnen Tul-
pen aller Farben in ihren Känguruhtaschen. In den
Schaufenstern der Rittergasse liebkosen die Täuberiche
einander die Hälschen, Wellensittiche flattern in Käfi-
gen umher – wie poetische Vergleiche. Ein paar kanadi-
sche Hamster arbeiten sich in dem hohen Kamin eines
Terrariums der Freiheit entgegen. Einmal wurde ich für
dreihundert Kronen einen Augenblick zum Heiligen.
Ich kaufte sämtliche Stieglitze auf und ließ sie mit eigener Hand frei. Mein Gott, was für ein Gefühl, wenn
einem ein verschüchtertes Vögelchen aus der Hand auf-

fliegt! Und dann gehe ich in die Markthalle, wo alte Weiblein gestocktes Blut auf Tellern verkaufen. Da riecht es nach Wickelkindern, durchweichten Strohschütten, nach Essig und Hanf. Von einem Lastwagen zerrt man in einem fort geschlachtete Lämmer. Sonderbar, daß für die großen Feiertage die Tiere herhalten müssen. Für Weihnachten die Fische, für Ostern die Zicklein und Lämmer. Ich denke an zu Hause, an das Schwein das wir beim Schlachten schlecht gestochen hatten, in den Mist wühlte es sich und ersoff lieber in der Jauchegrube, als noch einmal den Schlachter mit dem Messer in der Hand zu sehen.

Dann trabe ich los, doch zu spät. Das Bier, das ich gekauft habe, ist schal geworden. Im Kontor der Gebrüder Zinner, wo die Spielsachen fünf Stock hoch liegen, bebt der Lagermeister vor Wut und sagt:

»He, du Rumtreiber, wir haben dich nach Bier geschickt und nicht nach Lebenswasser! Zeiten sind das, Zeiten sind das!«

Und der Manipulant setzt noch eins drauf: »Und wann geht's wieder mal mit deinem Onkel Adolf zu Ende, der in Fortsetzungen stirbt?«

»Bald«, sage ich und nehme die Rechnungen und hake ab und zähle dann den ganzen Tag zwei Waggons Kinderspielzeug durch.

Ein Infanterist mit Gewehr, ein Soldat mit Schiffchen, ein Soldat mit Helm, ein schreitender Offizier, ein General im Mantel, ein Trommler, ein Trompeter, ein Waldhorn, eine große Pauke, ein liegender Soldat mit Gewehr, ein Artillerist mit Putzstock, ein Offizier vor einer Landkarte stehend...

Ich hake die einzelnen Figürchen ab und denke, wie man mich doch immer noch verwechselt, von daheim bin ich schon so viele Jahre weg, doch kaum hat man dort irgendwo hingekotzt oder nächtens rumgegrölt, schon sind die Nachbarn zur Stelle und schimpfen meine Mutter aus, Ihr Söhnchen hat in der Nacht gegrölt, schmeckt ihm das so?

Ein Landvermesser, ein Telefonist schreibend, ein Motorradfahrer, ein Verwundeter liegend, zwei Pfleger, ein Arzt im weißen Kittel, ein Sanitätshund, ein liegender Soldat mit Zigarette, ein Dragoner zu Pferd...

Den Maryseks war die Tante weggestorben, und am nächsten Morgen ist die Frau Marysková zu meiner Mutter hergerannt und hat geschimpft, ich hätte in der Nacht ans Fenster gebummert, und Tantchen hätte davon die Fallsucht kriegen können, was sie für einen Schreck bekommen habe, bestimmt wäre ich das gewesen, nachgelaufen wär sie mir und hätte mein grausliches Gekicher gehört... obwohl ich schon so viele Jahre nicht mehr zu Hause bin.

Eine Kuh weidend, eine Kuh muhend, ein Kalb stehend, ein Fohlen grasend, Ferkel, eine Katze stehend mit Schleife, eine Henne pickend, jüngere Tiger, eine Flekkenhyäne, ein aufgerichteter Bär, ein amerikanischer Büffel, ein Eisbärenjunges, ein Affe sich kratzend.

Einmal guckte ich zu, wie sich der Tierarzt über ein krankes Vieh beugte, wie er zu dem Buchhalter sagte, er werde ein Wässerchen verschreiben, und schon blaffte der Doktor mich an, ich solle sofort herkommen und mir den kleinen Pinsel nehmen und dem Vieh die Klauen auspinseln. Und dann legte er mir ans Herz, mir

einen Axtstiel zu holen und dem Ochsen das Maul auf-
zusperren und ihm so das Maul auszupinseln. Und ich
machte große Augen und war außerstande zu sagen, ich
sei nicht der Kutscher, sondern gucke nur zu.

Eine Gemse, ein Wildschwein, ein Hütejunge, ein Bauer,
ein Schornsteinfeger, ein Cowboy stehend, ein Indianer
lassowerfend, ein großer Hase hockend, ein Scout mit
Hut, ein Schäferhund...

Da gehe ich mal in die Synagoge, und ein schmutzstar-
render Jude neigt sich zu mir und flüstert, sind der Herr
auch aus dem Osten? Und ich nickte. Später, als ich auf
ein Bier einkehrte, saßen zwei Kerle da. Der eine sagte,
du bist Bäcker! Und ich nickte, und der Kerl rieb sich die
Hände und sagte, das hab ich gleich erkannt, und ließ
Karten kommen und meinte, uns fehlt der dritte Mann
zur Mariage, ein Bettler macht eine Krone, ein Durch
zwei. Und Klein gibt...

Eine Maria, ein Christkind, ein Josef, ein König ste-
hend, ein König aus dem Mohrenland, ein Hirte mit
Lamm, ein Engel, ein Beduine, ein Schaf weidend, ein
Schäferhund...

Zwei Waggons Spielzeug hake ich in der Maislgasse bei
den Gebrüdern Zinner ab, Spielzeug und Galanteriewa-
ren en gros, nach der Arbeit gehe ich deshalb gern
spazieren. Dauernd aber stolpere ich über alles Spielzeug, das ich heute in der Hand gehabt habe. Gern geh
ich über die Kampa-Insel, wo die Kinder ihre Zeichnun-
gen auf den Asphalt krakeln, auf allen vieren kriechen
sie und setzen ihr Malwerk an den Häusern fort, so
hoch ihre Hände reichen. Nun staune ich über das Porträt eines Mannes, dessen Hut von vorn und hinten

zugleich gemalt ist und dessen verborgenes Ohr sich wie ein Fragezeichen über seinem Kopf erhebt, wie ein Wappen.

»Malst du das?« fragte ich töricht das kleine Mädchen, das diese Zeichnung beendet hat und dessen Locken so blau sind wie Patronen von einem Jagdgewehr.

»Ja, aber das ist doch nichts«, meint sie und löscht mit dem Schuhchen das Porträt, das in einer Galerie hängen könnte, »würden Sie mir vielleicht die Haare kämmen?«

»Wenn du willst...«, sage ich.

Und das Mädelchen hockt sich rittlings auf die Bank, zieht dann ein Bein unter sich, ich setze mich hinter sie, sie reicht mir den Kamm über die Schulter, und ich kämme sie. Und sie schließt die Augen, dann blickt sie auf ein fallendes Blatt und sagt: »Dem Blatt haben schon die Hände wehgetan, da hat es sich losgelassen.«

Im Handumdrehen wird es dunkel, über die Serpentinen des Petřín-Berges fahren Radler zu Tal, mit Grubenlampen auf dem Kopf. Die kleinen Boote im nephritgrünen Wasser schöpfen mit jedem Ruderschlag ein Dutzend Alpakalöffelchen aus dem Wasser. An der Bank vorbei kommt ein Blinder und führt eine blinde Frau mit dem Radar seines weißen Stocks.

»Wenn du so auf dem Asphalt zeichnest, woran denkst du?« frage ich.

»Wie der Vogel dort singt«, sagt sie und weist ins Geäst. Und drückt ihr Kinn an die Brust, sie ist immer noch ein Kind, doch in fünf Jahren beginnt der schöne Parasit in ihr zu erwachen, der beißende Stoffe mit dem Beigeschmack von Borax enthält und ihr Leben nach und nach mit Glück überschwemmen wird. Ich kämme ihr die Haare nach hinten, wiege die Handvoll Härchen, dann schlage ich ein Schleifchen. Und das Mädchen langt sich hinten an den Kopf und legt exakt den Finger auf den ersten Knoten, damit ich den zweiten machen kann und dann die prächtige Schleife. Dann dreht sie sich um, knüpft den Bindfaden auf, mit dem sie gegürtet ist, zieht die beiden Enden der Schnur fest um sich, streckt das Bäuchlein heraus, und ich lege den Finger auf die überkreuzte Schnur, damit sie einen Knoten, dann eine Schlaufe schlagen kann. Unversehens küßt sie mir dann auf den Handrücken und ist über alle Berge...

Die Karlsbrücke sieht von der Kampa her wie eine lange Wanne aus, in der die Passanten mit ihren Hintern auf Rollgleitern dahinfahren. Im Fluß ächzt Prag mit gebrochenen Rippen, und die Brückenbögen springen einer um den anderen wie Hetzhunde von Ufer zu Ufer. Ich könnte zu meiner Kusine in die Brauerei gehen oder zu der Zimmerwirtin, die mich auf ein Fläschchen Heidelbeerwein eingeladen hat, doch ich bummle lieber aufs Geratewohl.

Ich gehe durch die Michaelsgasse, lese die Aufschrift: Grüne Tür. Das verleiht Kraft wie eisenhaltiger Wein. Im Torweg blicke ich in einen Uhrmacherladen, der Lehrjunge, der ausfegt, zwinkert ständig und hat die Augen voll Kandiszucker, bestimmt hat er eine Bindehautentzündung, bestimmt muß er sich jeden Morgen die Lider auseinanderreißen, um zur Waschschüssel hinzufinden. Heute begegne ich Serien von Passanten,

die das unsichtbare Seil des Unglücks miteinander ver-
knüpft. Zehn Leute mit verbundenem Kopf, dann wieder ein Dutzend Fußgänger mit bedeutungsvoll gehobenen Brauen, so als wollten sie etwas sagen, sieben
Menschen mit Augenklappen...
Vor allem aber achte ich auf die Frauen. Diese Mode ist
zum Verrücktwerden, jede macht ein Gesicht, als wäre
sie soeben dem Liebeslager entstiegen. Was haben sie
wohl unterm Blüschen? Ein Gerüst oder ein Fischbein-
stützwerk, das einem die Brüste so in die Augen stechen
läßt. Und dann dieser Gang! Der Großstadtmensch
muß einen Kleiderschrank voll Vorstellungen haben,
um dieser durchtriebenen Schönheit wegen keinen
Lustmord zu begehen. Und schon hängte sich ein
Mensch an mich, der mir alle seine bewundernswerten
Berufe erläuterte, wie er den ersten Automaten im Restaurant Koruna bedient hatte, wie er in dem Automaten drin saß und zuerst nachguckte, ob die eingewor-
fene Krone auch nicht falsch war, und erst dann das
Sandwich auf den Teller legte und mit der Hand den
Mechanismus drehte, wie er die Leute über diese Erfin-
dung staunen hörte, aber wie er auch in der fünf Meter
großen Uhr auf der Ausstellung gesessen und die Ta-
schenuhr in den Händen gehalten und jede Minute den
Zeiger weitergerückt hatte. Das erläuterte er mir und
blieb stehen, immer noch über sein Schicksal erstaunt.
Ich fragte: »Wer sind Sie?«
»Ein praktischer Philosoph«, sagte er.
»Dann erklären Sie mir freundlicherweise Kants Kritik
der praktischen Vernunft«, sagte ich.
Und wir gingen die Stephansgasse hinauf, und Prag

sank mittels einer hydraulischen Presse tiefer, und die Haare des praktischen Philosophen berührten die Brutstätte der Sterne. Dann lud er mich zu einer Bratwurst ein.

Ich sagte: »Die Alte da, die hat immer gute Wurst.«

Dann fiel das Licht der Azetylenlampe auf die Greisin, und Rembrandt erstand wieder auf von den Toten. Die Hände der Alten ruhten auf ihrem Bauch, als betasteten sie den Rücken des verlorenen Sohnes. Ein einziger Zahn blinkte in ihrem Mund.

»Haben wir schon, meine Herren, Mitternacht?« wollte sie wissen.

Der praktische Philosoph richtete den Finger zum Himmel und war in diesem Augenblick schön wie Rabbi Löw, wie Vincents abgeschnittenes Ohr. Die Nacht war erfüllt von Schlacke, von silbernen Scheibchen, Schrauben und Muttern. Die Luft duftete nach Ammoniumoxalat, nach Milchsäure, nach intimer Frauentoilette, nach ätherischen Ölen, nach Lippenstiften. Und die Uhr vom Stephan läutete den Beginn der Mitternacht ein. Dann schlugen alle Prager Uhren ringsum. Gefolgt von den anderen, die nachgingen. Der praktische Philosoph aß mit ungeheurem Appetit seine Bratwürste auf, ging dann grußlos davon.

Eine Prostituierte kam vorbei, schön und in dem weißen Kleid einem Engel gleich, sie drehte sich um, und die Schote ihres Mundes platzte auf und schüttete eine Doppelreihe weißer Erbsen aus. Mich überkam der Wunsch, ihr ein paar farbige Worte ins Lächeln zu kratzen, in der Hoffnung, sie werde sie am Morgen im Spiegel lesen, wenn sie mit der Zahnbürste davor stand.

Ich sagte zu der Greisin:

»Sie, haben Sie Franz Kafka gekannt?«

»Ach Göttchen«, sagte sie. »ich bin die Franziska Kafková. Und mein Papa war Pferdeschlächter und hieß Franz Kafka. Und dann hab ich einen Oberkellner im Bahnhofsrestaurant von Bydžov gekannt«, sagte sie und beugte sich vor, und der einsame Zahn strahlte in ihrem Mund, als sei sie eine Seherin, »aber Herr, falls Sie was Besonderes haben wollen, Sie enden sowieso nicht eines natürlichen Todes, dann lassen Sie sich einäschern und vermachen mir Ihre Asche, und ich werde meine Gabeln und Messer mit Ihnen putzen, damit was Prächtiges mit Ihnen geschieht, etwas wie ein Geschenk, wie ein Unglück, wie die Liebe... hehehehe.« Sprach's und wendete mit der Gabel die zischenden und sprühenden Würste um.

»Kartenlegerin bin ich auch«, fuhr sie fort, »Herr, wären Sie nicht von einem Wölkchen umnachtet, herrliche Dinge würden Sie schaffen... na wirst du wohl, wirst du, da ist sie wieder!« rief sie und fuhr sich über den Rock und trat nach irgendwas mit den Füßen.

»Was ist los?« fragte ich.

»Nichts Besonderes«, sagte sie, »das ist Jadwiga, die Tochter einer polnischen Gräfin, die sich ersäuft hat, ihr Geist... wissen Sie? Dauernd ist sie um mich rum, und jetzt zerrt sie an meiner Schürze, verstehen Sie?«

»Verstehe«, sagte ich und zog mich aus dem Lichtkreis der Azetylenlampe zurück.

Dann ging ich auch schon heim. Beim Einlaß zum Turandot zeigt einer dem Portier, daß er Geld hat. Beim Šmelhaus steigt Musik aus dem Keller, dazu zwei la-

chende alte Männer. Die Ledergasse ist voll unzüchtiger Zeichen und Bewegungen. Auf einem Gully liegt eine rote Rose, wie einem Strauß entfallen. Dann lasse ich mich neben dem Wasserbecken auf dem Altstädter Ring nieder, und mein Schatten ist grün und hat einen lila Saum. Jemand hält einen großen Kaktus im Arm, an dessen Sprosse rote Schleifchen gebunden sind. Eine Dame, die aussieht wie einem Ibsen-Drama entsprungen, schreitet die Pariser Straße hinab, über ihren Pyjama hat sie einen Mantel geworfen, bestimmt kann sie nicht schlafen und geht zum Fluß, um sich an das Geländer zu lehnen. Neben einem Kandelaber steht ein Mensch, der ernste Musik zu hören scheint. Nun übergibt er sich aber, die Flüssigkeit stürzt ihm aus dem Mund wie die Uhr an der Kette aus der Tasche. Ich sehe das erleuchtete Fenster meiner Wohnung, die Gardinen blähen sich, mein Wirt geht hin und her und schlägt das Kreuz. Bestimmt steht auf seinem Tisch ein Topf, und daran lehnt die aufgeschlagene Bibel. Aus der Langen Straße kommt ein Wachtmeister, die beiden Arme sehen aus wie bis zu den Ellbogen in Gips getaucht.
Ich denke, Poldinka, an dich, wie du zu mir sagtest: »Dich hasse ich am allerwenigsten. In deinem Speichel schmecke ich das abgrundtiefe Loch, das die Liebe ausgebaggert hat, in deinen Zähnen ertaste ich die Mauer, über welche die Trauer herabrinnt. Liebster, du hast Wurst zu Abend gegessen, denn an meinen Lippen klebt ein Fetzchen Fleisch, aber das macht nichts, küß mich noch einmal und noch einmal. Und wiederhole, selbst Salomo in all seiner Herrlichkeit war nicht so gekleidet, selbst die Vögel am Himmel, selbst die Blumen auf dem

Feld sind nicht so schön wie ich. Sag das noch einmal und entzünde noch einmal das Brandopfer zwischen meinen Beinen und blase die Glut in meinem Becken an. Und gehst du in der Frühe und siehst Frauenkleider aus dem Fenster hängen, achte nicht drauf. Dann umarme ich das mit süßer Erinnerung getränkte Haus. Man soll ja in Geländern die verlorenen Nadeln der Sonne ertasten können.«

So sprach Poldinka damals zu mir und stieg zum Fluß hinab, wo die Stadt auf Händen geht. Seinerzeit habe ich mich gewundert, daß die umgedrehten Autos räderoben auf dem Fluß fuhren, als rodelten sie auf den Dächern, daß die Fußgänger sich begrüßten, als schöpften sie Wasser mit dem Hut.

»Mensch, woher nimmst du die Kraft, diese irren Spielsachen feilzuhalten, diese Zahnbürsten und Kämme, und dabei so schrecklich zu träumen?«

Und ich sagte:

»Poldinka, allein du hast die Worte verstanden, mit denen ich deinen Mund, dein Haar, die Luft deiner Lungen mit Wörtern wie aus einem Abendblatt überschwemmt habe. Poldinka, allein du hast stets erraten, wann sich der Docht in meinen Augen niederdrehte, und allein du begreifst, was bleibt, wenn ich mit blechernem und taubem Gesicht von dannen gehe, denn genau wie du habe auch ich mich nie nach Empfangsschein freuen wollen, genau wie du habe ich nie ein Recht auf Schmerz und Kummer begehrt... Aber Poldinka, du ruchloses, verworfenes und perverses Weib, warum bringst du Panik in mein Leben, so wie ein Tropfstein, wie eine Fledermaus?«

Ich sprang von der Bank am Altstädter Ring auf, vor mir stand breitbeinig der Wachmann mit den Kalkärmeln. Kein Mensch war da, deshalb vertraute ich mich ihm an:

»Also von heute bis in alle Ewigkeit werde ich nie mehr den Wunsch los, mit dem aramäischen Professor des Lachens spazierenzugehen, wissen Sie? Ab heute werde ich nicht mehr den Riß im Gehirn los, denn frei sein, das ist Freude. So bade ich in lauter Glück, in Hochzeiten, Freuden, bei den Gebrüdern Zinner hake ich Schneehäschen ab, Kaninchen, Souvenirkapellchen, Engelshaar, Weihnachtsbaumschmuck, Spielsachen. Verstehen Sie? Alle sind wir Brüder, L'art pour l'art-Brüder, schön wie die *entartete Kunst*, wahrhaftig wie die Nachtigall, verderbt wie die Rose. Begreifen Sie wirklich? Ohne Riß im Gehirn kann man nicht leben. Läßt sich der Mensch nicht von der Freiheit entlausen, Brüder. Verstehen Sie?«

Der Wachtmeister sagte streng:

»Schreien Sie nicht, warum, Herr Kafka, schreien Sie so? Sie werden noch Lärmgeld zahlen.«

Seltsame Leute

Die von den Händen der Arbeiter polierte Kette leuchtete Glied für Glied in den Bändern und Strähnen der Sonne auf, die durch die Jalousien der Belüftungstürme auf dem Knüppellager drang. Hoch oben an der Decke stand ein Kran, und in dessen Gondel schlummerte die Kranführerin, den weißen Arm ausgestreckt und den gefärbten Haarschopf in die Armbeuge gebettet, und ein Sonnenstreif hackte ihr Arm und Schopf ab.

Schichtmeister Podracký durchquerte Lichtsträhne um Lichtsträhne, die Sonne tigerte seine Monteurskluft, er durchmaß die Abteilung Drei, dann die Vier, tauchte in die blauen Tunnel des Dämmerlichts hinein und durchwanderte erneut die hellen, schrägen Latten der Sonne, die als goldene Borten und Bänder durch die angelehnten Klappen der Jalousien fiel, durch die Belüftungstürme des Knüppellagers.

Jetzt kam er an den ruhenden Schleifmaschinen vorbei, an den Karborundscheiben, die an staubigen Ketten hingen.

Auf den Bänken am Kontrolltisch saßen die Schleifer, manche lagen auf schräggestellten Brettern, ein Knie angewinkelt und die Arme hinterm Kopf verschränkt, wie Buben und Ober im Kartenspiel.

»Ihr habt ausrichten lassen«, sagte der Schichtmeister, »daß ihr nicht fahren wollt. Wie stellt ihr euch das vor?«

»Was ihr euch mit uns erlaubt habt, das spottet jedem kollegialen Umgang«, fuhr der Schleifer Milchmann auf, »das ist genauso, als wenn kleine Jungs an die Wand schreiben: Franta ist doof, und dann abhauen.«

»Ihr streikt also?« fragte der Meister mit gehobenen Brauen.

»Nein, wir arbeiten nur so lange nicht, bis sich der Mann bei uns sehen läßt, der in vorgeschriebener Form mit uns über die erhöhten Normen zu sprechen hat«, sagte Milchmann.

»Gut, ich schick euch den Vertrauensmann«, sagte Meister Podracký, zückte den gelben Zollstock, maß den Kontrolltisch, klappte den Zollstock wieder zusammen und ging weg, im Rhythmus seiner Schritte mit dem gelben Zollstock klatschend, ging er davon, und ihm entgegen kam der Kran, die blonde Kranführerin durchstieß die Lichtsträhnen der Belüftungstürme, sie betätigte die Hebel, der Kran fuhr los, die Laufkatze setzte sich in Bewegung, und die glänzende Kette glitt abwärts, und die Gestalt der Kranführerin wurde, wie die Konstruktion des Krans auch, von den Sonnenbändern, die durch die Jalousien der Belüftungstürme ins Knüppellager stachen, schräg zerschnitten und mit Zebrastreifen versehen. Die rastlose Frauenbüste immer neu mit rastlosen Sonnenschärpen geschmückt. Und der Kran rollte über die Köpfe der Schleifer hinweg.

Der Gerichtsrat lieferte die Blutwurst aus der Kantine bei seinem Vorarbeiter ab. Dann ging er an die Mulden zurück, in denen der Stahl mit Salzsäure abgebeizt wurde. Aus Versehen trat er in eine Lache verschütteter Säure und spürte sogleich, wie diese leise zu arbeiten begann. Er hörte, wie ihm die Schnürsenkel platzten.

Setzte den Schuh auf den Muldenrand und sah zu, wie das Gewebe der Köperhose zerfranste. Dann blickte der Gerichtsrat zum Schrottplatz hinüber, wo sich ein Arbeiter mit einem Schneidbrenner über den Kriegsschrott beugte und sich mit der blauen Flamme geduldig in die Innereien eines Wertheim-Schranks, eines Banksafes, hineinfraß, während auf dem Schrottplatz hinter ihm weibliche Sträflinge Waggons mit verrosteten Kreuzen von Dorffriedhöfen entluden, je zwei und zwei packten ein Kreuz an Kopf und Füßen, schaukelten das rostige christliche Mal und warfen es im Bogen direkt in die Mulde. Und packten dann zerschnittene Teile von Panzern hinzu, grüne Zäune und Ziergitter von Gräbern, weiße schwanenförmige Emailwannen, Nähmaschinen und zusammengebackene Schlüsselbunde, alles von Phosphorbrandbomben verschmort, denn nach den Luftangriffen in diesem zweiten Weltkrieg hatte sogar die Erde gebrannt.

Der Gerichtsrat hob die Hände, ergriff das Kabel des Laufkrans und drückte auf einen Knopf, doch der Kran stürmte in die entgegengesetzte Richtung.

»Anhalten, anhalten, Herr Doktor, sonst krachen wir in die Bude!« schrie Vindy, der Hilfsarbeiter.

Und der Gerichtsrat drückte auf den Knopf und brachte den Kran zum Stehen. Jetzt mußte er nur noch den zweiten Knopf drücken. Dann rollte der Kran vorwärts, der Rat schritt über die wippenden Planken, wie ein Kutscher, der die Zügel eines Vierergespanns hielt, und verschwand mit dem Gerät, um dann aus den grünlichen Dunstschwaden der Salzsäure wieder aufzutauchen.

»Richtig«, kommandierte Vindy, »jetzt halten wir an!«
Der Gerichtsrat drückte auf den Knopf, zufällig auf den
richtigen.

Auf dem Schrottplatz öffneten die Sträflingsfrauen einen Waggon, aus dem verkohlte Grammophone fielen.
Darin glitzerten bläuliche Glastränen, denn nach dem
Angriff der Phosphorbomben waren sogar die Fabrik-
fenster verbrannt und geschmolzen.

»Na ja«, sagte Franzmann, »aber wenn nun schlechtes
Material kommt, das um und um geschliffen werden
muß?«

»Das ist die reine Schnellschmelze«, sagte ein Schleifer
mit kreuzförmiger Narbe unterm Auge, »letztens haben
sie die Danielka angeblasen, die Musik hat an den Öfen
aufgespielt, weil der Rekord der Martinsöfen überbo-
ten wurde, vierzehn Schmelzen in vierundzwanzig Stunden. Ein Walzwerker hat mir aber gesagt, er würde alle
diese Neuerer vors Gericht bringen, denn im Walzwerk
wird der Stahl von diesen berühmten vierzehn Schmelzen gewalzt, und das halbe Material wandert zurück in
die Öfen, als Schrott.«

»Hier ist es überhaupt öde«, sagte Ampolino, »die Mädels gehn am Abend schlafen. Und ich, wenn ich die
Brigade hinter mir hab, fahr nach Hause. Zu Hause tun
die Mädels nichts, und am Abend sind sie lauter Gesang
und Liebe, ist es nicht so, Franzmann?«

»Fahr nach Hause«, sagte Franzmann, »gib auf keinen
was. Ich hab mal die Illusion gehabt, mich erwartet hier
das Vaterland... Wegen staatsfeindlicher Politik hab
ich von drüben weggemußt, doch wohin geh ich jetzt?
Jungs, existieren können wir hier, aber leben, das nicht.

Draußen in der Welt verstehen sich die Leute immerfort zu amüsieren. In Singapur hab ich in einem kleinen Theater eine Negerin gesehen, über die ein Pony drübergelassen wurde. Oder in Shanghai? Dort hab ich erlebt, wie man Äffchen bei lebendigem Leibe kocht, der Schmerz macht sie wahnsinnig, und der Wahnsinn schäumt ihnen das Gehirn auf. Das ist dann eine vorzügliche Vorspeise. Oder auf Kuba? Bevor sie da die Schildkröten töten, lassen sie die Kinder damit spielen, damit die ihnen die Augen ausstechen... und die Suppe dann, ganz delikat. Und bei uns in Frankreich? Auf der Canebière in Marseille, da gibt's in einem Lokal fortwährend irgendwelche Darbietungen auf einer kleinen Bühne, auch ihr könnt euch nackt ausziehn, eure Partnerin auch, dann setzt ihr euch Masken auf und führt auf dem Kanapee auf der Bühne alle Stellungen vor, die euch einfallen, und die Zuschauer an den Tischen jubeln euch zu... aber da kommt er schon.«

Vindy beugte sich über die Mulde, verschwand im türkisen Dunst. Man hörte ihn mit dem eisernen Besen die Stahlblöcke abkratzen, hörte seine Stimme, »so und jetzt, Herr Doktor, runter mit dem Kran, die Greifer anschlagen. Und schon löst sich der Zunder.«

Und der Gerichtsrat drückte wie ein Glücksspieler auf den Knopf, zufällig sogar auf den richtigen. Das Gerät ließ die Haken in die rotgrünen Wrasen herab, er hörte, wie die Ösen gegen die Henkel des Stahlkorbs klirrten, in dem die Stahlknüppel lagen. Und der Helfer Vindy beugte sich vor, nur die Hosen waren von ihm zu sehen.

»Es reicht!« befahl er. Und der Gerichtsrat ließ wie ein

Marionettenkönig die Kabel los und beugte sich in die stechenden Wrasen und schlug von der anderen Seite her die Ösen in die Henkel ein. Doch er hielt den Kopf nicht lange über der Mulde, beugte sich brüsk hintenüber und kam mit vorgehaltenen Armen aus dem Dunst, und es biß und brannte in seinen Schleimhäuten, er sah nichts und spürte mit tränenden Augen, wie ihm die Säure den Schnupfen aus der Nase wegätzte.

Doch der Gehilfe Vindy, der in der Beizerei schon längst nicht nur jeden Schnupfen, sondern auch den Geruchssinn eingebüßt hatte, drückte auf den Knopf, und der Kran hob die Blöcke aus der Flüssigkeit, und die Salzsäure triefte von den Knüppeln und setzte noch mehr durchdringenden Gestank frei.

»Es löst sich schon«, jauchzte der Gehilfe.

Sie drehten sich um, und durch das lange Knüppellager kam eine zunehmend größer werdende kleine Gestalt, gepeitscht von goldenen Sonnenruten, eine Gestalt, die die ganze Zeit an einem scharf beleuchteten Lattenzaun entlangzugehen schien.

Dann stemmte sie die Hände in die Hüften.

»Seht mal, Kollegen«, sagte der Vertrauensmann, »die Imperialisten umzingeln uns, und wir können nicht warten. Wir müssen ihnen ihre kriegerischen Gurgeln mit Friedensstahl verstopfen...«

»Schon gut, Václav«, sagte Milchmann, »wir haben den heutigen Leitartikel vom Rudé právo auch gelesen. Hier geht es um was anderes. Warum habt ihr, ehe ihr die Norm erhöht habt, warum habt ihr uns da nicht gefragt? Wo bleibt die Form?«

»Nun ja«, der Vertrauensmann ließ die Schultern hän-

gen, »aber was ihr da macht, das nennt man Streik!«
»Na, und wenn? – Die Verfassung erlaubt es uns. Also
streiken wir laut Verfassung. Wir arbeiten so lange
nicht, bis der Mann herkommt, der mit uns die Normer-
höhung auszuhandeln hat.«
»Aber jetzt ist Krieg in Korea«, heulte der Vertrauens-
mann auf, »die Festung Pusan steht kurz vor dem Fall.
Zum letztenmal: Fahrt ihr die Schleifböcke an?«
»Nein.«
»Dann muß ich das dem Betriebsleiter melden.« Der
Vertrauensmann machte kehrt und ging davon, die Ja-
lousie der Belüftungstürme warf ihm einen gestreiften
Dreß über den Rücken, wie einen Pyjama, wie eine
Sträflingskluft.
Und der Wind riß die Schleier des grünspanfarbenen
Qualms auf, und Vindy beugte sich über den Stahl, der
Gerichtsrat zog einen Handschuh aus und legte die
Hand auf das feuchte Metall.
»Doktor, wischen Sie das sofort ab, spülen Sie das so-
fort ab!«
Der Gerichtsrat lief die wippende Planke entlang,
drehte am Hahn der Wasserleitung, trat aber daneben
und fiel bis zum Schritt zwischen Planke und Mulde,
rasch befreite er sich, er spürte, daß er sich am Knie
verletzt hatte, doch er wusch sich die Hände und blickte
zu den Halden von Kriegsschrott hinüber, wo ein Mädchen in Sträflingskleidung erschienen war, die linke
Hand in frischem Gips, sie packte gerade einen Ochsen-
zaum und trug ihn mit einer Hand zur Mulde und warf
ihn auf die Stelle, auf die die Häftlingsfrauen die letzten
Kreuze schleuderten.

»Und eins und zwei und drei…!« rief eine Frauenstimme.

Ein Kreuz flog in die Höhe, und eine der Frauen gab Christus noch einen Stoß und beförderte ihn auf den Kriegsschrott.

»Die hat über die grüne Grenze gewollt«, sagte der Gehilfe, »gestern hat sie sich in die Hand gehackt. Aber ist es wahr, daß der junge Nezval in seine Gedichte die himmlische Hierarchie reingezogen hat?«

»Wie bitte?« sagte der Gerichtsrat.

»Ist der nicht Jude?« fuhr der Gehilfe fort. »Mir scheint, der Geist der Synagoge des Antichrist weht aus ihm. Bei seiner Geburt soll ihm der Erzengel Gabriel an der Wiege gestanden haben. Aber wenn er nicht an ihn glaubt, warum zieht dieser Bengel von Nezval da den Engel mit rein?«

»Das weiß ich nicht«, sagte der Rat, »aber mir scheint, die Säure ist schon abgetropft.«

»Richtig – dann fahr ich los, aber den Schatten der Freimaurerlogen werd ich wohl überwinden müssen!« sagte der Gehilfe Vindy, und ein langer Schleimstrahl schoß ihm aus dem Mund, »ich werde ein Gedicht schreiben, und das wird heißen: Wie Bruder Viktor Ahrenstein in Vertretung den Quader gemeißelt hat!«

»Jungs, der wird uns die Hölle heißmachen«, sagte Kaffeewirt.

»Nichts wird er«, sagte Milchmann, »wenn das hier nicht hilft, geh ich zu Poncar. Und klappt das auch nicht, geh ich bis zu Tonda. Er hat uns doch eingeschärft, vor nichts Angst zu haben und auf unserem Arbeiterrecht zu bestehen.«

»Wenn jemand dich nötigt, eine Meile mit dir zu gehen, so gehe mit ihm zwei«, sagte Priester, »und will jemand deinen Rock nehmen, laß ihm auch den Mantel...«

»Wenn dir jemand einen Streich gibt auf deine rechte Backe, dem biete die andere auch dar«, fiel ihm Milchmann ins Wort, »das ist was für Heilige, doch ein Arbeiter, wenn der nicht hart rangeht, der ist verloren.«

»Der Kirche haben wir die Hölle heißgemacht und tun's immer noch«, sagte der lockenköpfige Polyp.

»Vielleicht«, sagte Priester, »kommt die Kirche dadurch auf die Beine.«

»Vielleicht, aber ich sag, in fünfzig Jahren sind von der Kirche nur noch die Gebäude übrig.«

Rottmeister erhob sich, hielt sein aufgeschlagenes Notizbuch in die Sonne und sagte: »Laßt das, unser Pater ist als einziger richtig im Kopf, ich aber muß heute eine Null ins Buch schreiben, denn Standgeld wird nicht bezahlt. Prokurator, was könnte uns das hier so einbringen?«

»Ich denk schon drüber nach«, sagte Prokurator und ging auf und ab, »sie könnten uns das Gesetz zum Schutz des Friedens aufbrummen, da gibt's höhere Sätze.«

»Aber wir sind im Recht!« sagte Milchmann.

»Du bist im Recht«, sagte Prokurator, »aber ich nicht, weil ich aus dem Staatsdienst entlassen worden bin. Übrigens, wäre ich immer noch Staatsanwalt, dann würde ich aus mir und meinesgleichen eine hübsche staatsfeindliche Gruppe machen. Als intellektuellen Urheber dieses Streiks würde ich mich anklagen, würde mir erschwerend zur Last legen, daß ich als ehemaliger Staatsanwalt wußte und leicht erkennen konnte...«

»Aber hier sind wir in Kladno!« polterte Milchmann. »Hier sind wir vollberechtigt! Alle arbeiten wir hier. Die besiegten Klassen ebenso wie die Kommunisten, alles dafür, daß es allen besser geht!«

»Das würde ich nicht zweimal sagen«, sagte Polyp, »bei uns gab's die Theorie der zwei Ohrfeigen, ehe wir einen laufen ließen, es kam immer drauf an, wer wem eine runterhaute. Haut zum Beispiel ein Arbeiter einem Staatsanwalt eine runter, dann kann man den Staatsanwalt einsperren, weil der möglicherweise den Arbeiter provoziert hat. Haut aber der Staatsanwalt dem Arbeiter eine runter, dann kriegt der Staatsanwalt, selbst wenn ihn der Arbeiter provoziert hat, den Höchstsatz, weil...«

»Das ist hübsch«, schrie Milchmann, »aber bei uns in Kladno darf man das nicht! Darf man das nicht!« rief er, und der Kran fuhr herbei und klingelte.

»Ja«, sagte der Rat, und seine Hose riß ihm bis zum Knie auf. Er hob den Schuh und schüttelte einen Rest Stoff heraus, als ziehe er sich die Turnhose aus, blickte zum Schrottplatz hinüber, wo die gefangenen Frauen den nächsten Handwagen mit Deckeln von Eisensärgen beluden, sie schleppten gußeiserne Engel mit zernagten Flügeln und Gesichtern, Engel mit angeschmorten Lehmbatzen und warfen alles in die Mulden.

Der Hilfsarbeiter hatte den Laufkran an den Zitzen gepackt, folgte über die Planken den schwebenden Stahlblöcken und dozierte:

»Die Gedanken von Isaak Mauthner, der im Comptoir

seiner Zentrale zu Náchod sitzt... Im Frühjahr 1830 kam der galizische Aschkenasi Mauthner nach Náchod und sprach: Dieses Haus da wird mir gehören. Und im Jahre 1832 sprach der Bürger Mauthner: Die Fabrik da wird die meine sein. Im Jahre 1839 sprach der Fabrikant Mauthner: Ich habe fünf Wäschereien und möchte neun haben. So entstand der Wäschereikonzern der Firma Mauthner, der Konzern eines Industriegewaltigen ohne Wappen und Traditionen, eines Magnaten, der, als er seinen Söhnen das Reich seiner Fabriken übergab, nicht einmal ahnte, daß seine Söhne sich in die Aktionärsanonymität flüchten und daß die Söhne seiner Söhne einst Pressemagnaten werden würden.«

Der Hilfsarbeiter Vindy drückte auf den Knopf, der Kran blieb über dem eisernen Schienenwagen stehen. Silberner Schleim troff ihm wie eine Saite aus dem Mund, und Vindy wischte ihn mit dem speichelnassen Ärmel ab.

»Das ist so einfach wie das Brot«, sagte der Gerichtsrat.

Und sein Schuh platzte auf wie eine Seerosenblüte.

Die Kranführerin schlüpfte durch die schrägen goldenen Sonnenstrahlen wie durch die Schattentunnel, ganz klitzeklein war der andere Kran am Ende der Werkhalle, wie ein Flugzeug mit ausgebreiteten Flügeln kam er durch die zweihundert Meter breite Halle und durch das Lager heran, bremste jetzt über den Schleifböcken, über dem Trupp Schleifer ab, und in der Gondel erhob sich der Betriebschef im schwarzen Sergekittel, stützte seine weißen Hände auf die Brüstung, beugte sich wie

aus einer Kanzel, eine goldene Schärpe über der Brust,
und sagte:

»Ehre der Arbeit!«

»Bei guter Bezahlung wird sie auch geehrt«, sagte
Milchmann.

»Also, Kollegen, wir haben einen Plan, der muß einge-
halten werden. Sonst muß ich euch dem Gewerk-
schaftsrat melden!« sagte der Betriebschef und stippte
mit dem Finger nach unten.

»Wer hat die Normerhöhung angeordnet? Wer hat sich
mit wem beraten?« wollte Milchmann wissen.

»Das Ministerium für Schwerindustrie.«

»Von wem kam der Vorschlag?«

»Der Vorschlag kam... von uns.«

»Sieh an, der Schädling sitzt im Haus. Und die Leute, die
ihr zuerst hättet fragen müssen, die habt ihr nicht gefragt, die sind nur so was wie eine statistische Zahl?«

»Das nicht, aber ich habe nur ausgeführt, was die Ge-
werkschaftsgruppe beschlossen hat. Werdet ihr also arbeiten?«

»Nein. Nur wenn du persönlich an die Tafel schreibst,
daß nach der alten Norm gefahren wird, bis die Festle-
gung mit uns auf die vorgeschriebene Weise behandelt
worden ist.«

»Gut«, der Betriebschef hob die schwarzen Ärmel bis
zum Ellbogen in einen goldenen Sonnentunnel, »ich
werde darüber aber Meldung an die Direktion und an
den Zentralrat der Gewerkschaften erstatten.«

»Warum seid ihr so zu uns? Warum wollt ihr mir einen
Hunderter aus der Tasche ziehen?« rief der Schleifer mit
der kreuzförmigen Narbe unterm Auge.

»Václav«, sagte der Betriebschef, »ich kenn dich nicht wieder, du, ein alter Genosse, und kommst mir so?«

»Das Leben vergiftet habt ihr mir!« schrie der Schleifer und nahm ein Brecheisen, warf es von einer Hand in die andere, einen Sonnenreflex durch die Werkhalle schleudernd, und schmiß die Stange auf einen Knüppelhaufen, und die Stange klang und klirrte, bis ihre Stimme irgendwo in den blauen Schatten erstarb, und der Schleifer rannte auf den Haufen los, kletterte über die Knüppel und bebte vor Wut, während ihn ein Sonnenstreif halbierte.

»Aber Václav, ich bin doch einer von euch, ich bin auch ein Arbeiter", sagte der Betriebschef und legte die Hand auf den schwarzen Sergekittel.

»Dann solltest du das verstehn«, sagte Václav und stieg zur anderen Seite der Werkhalle hinab, und gleich darauf stöhnte die Pforte auf und krachte hart zu.

Der Betriebschef breitete die Arme aus und winkte, die Kranführerin drückte auf den Steuerschalter, und der Kran wich durch die Halle zurück und trug in der Gondel den Betriebschef hinweg, der sich umgedreht hatte, und die Sonne, die durch die Jalousien der Belüftungstürme stach, geißelte ihm mit goldenen Riemchen und Gerten den Sergerücken.

Die von den Mulden aufsteigenden Wrasen waren unwahrscheinlich schön und dicht. Der Rat konnte nicht widerstehen, er lief über die Planke hin und steckte den Arm bis zum Ellbogen in die Schwaden.

Die Gefangene auf dem Schrottplatz kauerte sich hin, die Hand wie eine Gipspuppe auf dem Schoß, und hob mit der heilen Hand ein Engelchen auf, das einst an einem Leichenwagen angebracht oder das Zierat eines Herrschaftsgrabes gewesen war, dann nahm sie das Englein und trug es zur Mulde.

Vindy überließ jetzt dem Rat die Zitzen des Krans und belehrte ihn, mit dem Finger zeigend.

»Doktor«, sagte er, »das ist der Knopf, mit dem die Last gehoben wird, mit dem da senken wir sie wieder. Das ist der Knopf, der die Last vorwärts befördert, das ist der Knopf, der sie rückwärts bewegt. Das dürfen wir nicht verwechseln. Also versuchen Sie's noch mal. Gestern hab ich ein Gedicht geschrieben, das heißt: Die Nacht des Ministers oder wie der Sektionschef fünf Minuten vor Mitternacht eine Tantalusvision hat.«

»Danke«, sagte der Rat und nahm die Kabel.

»Oder möchten Sie lieber mein Gedicht hören: Die Häuerstochter hat ihre proletarische Herkunft vergessen und ist den Verführungen des Eros erlegen?« fragte Vindy, korrigierte sich aber sogleich: »Ach Gott, ich rede nur von mir, also, Herr Doktor, wie geht es Ihnen?«

Der Gerichtsrat drückte auf den Knopf, aber auf den falschen.

»Halt, halt!« rief der Gehilfe.

Rottmeister nahm die Kreide, schrieb ans Tor eine Zweiundzwanzig, dann eine Achtundzwanzig, zog einen Strich darunter und unterstrich das Ergebnis zweimal. Und dann klopfte er mit der Kreide auf die Zahl sechs und rief:

»Sechs Zentner täglich mehr schleifen! Wenn aber nun ein Knüppel ganz geschliffen werden muß?«

Das Tor glitt beiseite, und Rottmeister stand da, die

Kreide an die Stirn des Mannes haltend, der das Schiebetor geöffnet hatte.

»Jungs, hier sind welche vom Film«, sagte der Gerätewart, die Kreide immer noch vor der Stirn, »die brauchen Arbeiter, die über die Ereignisse diskutieren sollen.«

»Dann wollen wir mal«, sagte Milchmann und trat mit seinem Trupp Schleifern in die Sonne hinaus; dort stand ein Lastauto, von dem Filmhelfer Kalkeimer abluden, und ein junger Regisseur wies auf einen mit Brammen beladenen Waggon, und ein Kameramann mit Apparat überquerte die Gleise.

»Hoffentlich wird das nicht so wie damals, als sie den Hochbetrieb im Stahlwerk gedreht haben«, sagte Franzmann, »keiner war mehr da, also trommelten die Filmleute auf die Eimer und ließen von oben Blechbüchsen runterfallen und schilderten begeistert, wie alles den Plan erfüllt.«

»Hier könnte es sein«, sagte der Regisseur, »ihr tüncht ein bissel die Wand, und dann stellen wir ein Aquarium mit Fischen davor... und dort rüber ein bissel Natur, ihr stellt den kleinen Birkenhain auf... und ihr«, der Regisseur wies auf die Schleifer, »seid ihr die Leute, die spielen wollen?«

»Danke«, sagte der Gerichtsrat und hielt den Kran an, »seit dem Augenblick, da man mich aus der Wohnung rausgesetzt und seltsamerweise nicht eingesperrt hat, seit dem Augenblick geht es mir wunderbar. Wissen Sie, daß mein Rheuma weg ist?« sagte er und drückte, da ihm keine andere Wahl blieb, auf den richtigen Knopf.

»Sie werden doch wohl kein Danktelegramm schik-
ken«, sagte Vindy und hob den Handschuh und gab ein
Zeichen.

»Das nicht, aber ich bin psychologisch irgendwie einfacher geworden«, sagte der Gerichtsrat, und die Kette
mit den glänzenden Ösen senkte sich in die grünlichen
Dünste der Salzsäure herab, »früher bin ich Auto gefahren, jetzt fahre ich Straßenbahn, früher trank ich immer
Berncasteler Doktor oder Badestube, heute nehm ich
ein Popovicer Bock, statt in den Club geh ich in die
Wärmehalle und so... seit zehntausend Jahren verän-
dert sich der Mensch im Grunde nicht mehr. Ich bin
nämlich, mein Freund, weder Verteidiger noch Staatsanwalt, ich habe nur zugeguckt und mir ein Bild gemacht von den beiden Parteien, die sich da vor meinen
Augen stritten. Wissen Sie, mich interessiert heute zwar
auch ein Dreiser und ein Picasso und ein Chaplin, doch
denen stelle ich meine Wirtin gegenüber, die morgens
drei schlaftrunkene Kinder anzieht und in den Hort
schleppt und sie abends abholt und mit ihnen heim-
kommt. Meine Zimmerwirtin ist für mich mehr als die
Friedenstaube, mehr als ein Monsieur Verdoux, mehr
als die Amerikanische Tragödie...«

»Angenommen«, sagte Vindy und trat näher, silberner
Schleim schoß ihm aus dem Mund, »Ihre Wirtin ist
Kommunistin, was sagen Sie dann?«

»Sie ist ja Kommunistin, und was für eine«, meinte der
Rat nickend und beugte sich vor und kratzte mit dem
kleinen Besen den Zunder ab, »ich bin, mein Freund,
nämlich der Sohn eines Häuslers, ich bin eins von sieben
Kindern.«

»Klar«, sagte Milchmann, »wir werden unseren Frauen nichts sagen und gehen dann mit ihnen ins Kino.«

»Also gut«, sagte der Regisseur, »ihr setzt euch auf die Brammen, ein paar lehnen sich mit dem Rücken an den Wagen, einer von euch wird eine Landkarte halten und zeigt mit dem Finger drauf, als suchte er was, und die übrigen werden Zeitung lesen, und dann werdet ihr auf ein Zeichen so tun, als ob ihr lebhaft über das diskutiert, was ihr gelesen habt.«

Und die Helfer zogen frisch geschlagene Birken vom Lastwagen und stellten sie auf, und der Regisseur bedeutet ihnen mit Handzeichen, die Bäumchen nach rechts und dann ein Stückchen nach links und ein wenig mehr zur Mitte zu stellen und stehen zu bleiben.

»Das wird wie zu Fronleichnam«, sagte Kaffeewirt.

»Oder Sie sind bereits gerettet«, erwidert Vindy und beugte sich vor und reinigte mit dem Besen die gebeizten Blöcke.

»Genau« sprach der Rat, und die Salzsäure nagte an seinem Gummistiefel, »ich wohne jetzt allein in einem Kämmerchen und nenne es mein U-Boot. Und jeden Tag bring ich mir von der Poldi Holzstücke von kaputten Kisten mit, Latten aus russischer Birke, vom russischen Chrom, Furnier aus norwegischer Eiche, von Kisten, in denen das Ferrosilizium hier ankommt, manchmal hol ich mir Brettchen aus deutscher Fichte, von den Nickelkistchen ... und dann sitze ich zu Hause im U-Boot, von den Wänden läuft herrlich das Naß, ich sitze wie in der Sauna und lege Stücke von norwegischer und spanischer Eiche aufs Feuer, Scheite aus deutscher Fichte, gucke so lange zu, bis das Feuer sie erfaßt ... dann gucke ich so lange auf die Holzglut, bis die Wärme sich verflüchtigt und die Struktur eines amorphen Gebildes zurückbleibt, manchmal wieder bringe ich auch lauter Brettchen mit Aufschriften heim und lege Buchstaben nach, die bis dahin einen Sinn gehabt haben ... und sehe im offenen Öfchen, wie Fiskaa Norway ... Metallwerke Saxonia ... Made in Yugoslavia ... Meeraker Sverige ... sehe zu, wie das Feuer das alles beleckt, wie es den Sinn der Worte zerstört ... und wie schließlich alles verbrennt ... Wie schön ist es, in die Situation versetzt worden zu sein, in der ich mich grade befinde ... allein hätte ich keinen Mut dazu«, sprach Rat Hasterer und hob den Kopf aus den grünlichen Dunstschwaden.

»Und was machen Sie am Sonntag?« erkundigte sich Vindy und schob die Haken des Krans in die Henkel, drückte dann aber selbst auf den Knopf.

»Am Sonntag zieht mir die Wirtin ihre drei Kinder an, und ich gehe mit ihnen im Julius-Fučík-Park spazieren, man hat mir die guten Sachen gelassen, und gehe ich aus, dann macht immer noch der Gerichtsrat Hasterer seinen Spaziergang. Aber am liebsten habe ich mit meiner Tochter zusammen gewohnt, nachdem wir aus der Wohnung rausmußten, hatten wir ein Kämmerchen, so groß wie ein Kanapee mal ein Kanapee. Kapellchen haben wir unsere Kammer genannt. Jeden Morgen haben wir uns gegenseitig den Kalkputz aus den Haaren gekämmt, auch die Fußsohlen lauter Putz. Und mitten durchs Kämmerchen ging das Abwasserrohr vom ganzen Haus, und alle Augenblicke rauschte an uns die Wasserspülung von einem Klosett oder von einer Wasserleitung vorbei. Und auf der anderen Seite der Wand, zu der unsere Köpfe gingen, da war ein Badezimmer, die Hähne befanden sich genau dort, wo diesseits der Wand unsere Schädel waren. Stand drüben einer früh auf und drehte die Hähne an, dann träumten wir beide, daß uns das Wasser aus dem Kopf fließt... und dabei war es doch so schön in unserem Kapellchen! Gleich hinter der Längswand war so was wie ein Forschungsinstitut, und da durchbohrten oder zerschnitten irgendwelche gewaltigen Maschinen den ganzen Tag lang irgendwelche gewaltigen Stahlblöcke, und ich hatte immerzu das Gefühl, unser Kapellchen wäre ein Backenzahn, in den eine gewaltige Sonde gerammt wird, und wissen Sie, daß mir davon ein Backenzahn wehtat?«

Der Rat erzählte und folgte über die Planken Vindy nach, der den Stahl zu dem eisernen Wagen beförderte.

»Unsere Säure hat keinen Biß mehr«, sagte Vindy, »fahren wir hin und holen uns einen Ballon.«

»Also machen wir eine Probe«, sagte der Regisseur und blickte auf die Uhr, »wir sollen noch in Chomutov drehen – Sie also nehmen die Karte, so, schlagen Sie sie auf, so, Sie da schlagen die Zeitung auf... und Sie«, sagte er und zeigte auf Prokurator, »und Sie, wenn die anderen auf ein Zeichen alle durcheinanderrufen: Amerikaner, springt ins Meer!, Sie sagen dann mit zweifelnder Stimme: Wer's glaubt.«

»Niemals«, Prokurator hob die Hände, »mir hängt das von daheim noch an. Wenn schon, dann sollte man besser rufen: Ami gou houm.«

»Also gut, richtig, Ami gou houm«, meinte der Regisseur nickend, »und jetzt machen wir ein paar Einstel-

lungen, dann geht's los. Heißen wird das Ganze: Vesper-
pause in unseren Betrieben.«

»Aber wir essen doch nichts«, bemerkte Priester.

»Dann holen Sie sich was zum Essen«, sagte der Regisseur.

»Wir haben schon alles aufgegessen, das mit dem Trinken, das geht, dann schwenken wir die leeren Blech-
töpfe wie der Chor der Knappen in Dalibor, aber so ein
Wurstbrötchen…«

»Richtig«, sagte der Regisseur und krempelte sich einen
Ärmel auf, »doch die Zeit vergeht! Also die Aquarien
stellt an die Wand, kaufen Sie sich Wurst und Brötchen.«

»Die werden Sie uns kaufen, Sie können das verrech-
nen«, sagte Polyp, »sind wir Ihnen denn das nicht
wert?«

»Herrgott!« schnaufte der Regisseur und verdrehte die
Augen.

Und der Rat hob die Hand und sprang auf den Muldenrand und hüpfte hinüber, die Kabel in den Händen, fuhr
er mit dem Kran Vindy nach.

»Anhalten, anhalten!« rief Vindy.

Und der Rat drückte auf den Knopf, aber auf den ver-
kehrten. Danach blieb ihm nichts übrig, als auf den
richtigen zu drücken.

»Es wird schon gehen«, sagte Vindy besänftigend,
»aber wann sind Sie sonst noch glücklich gewesen?«

»Als ich in die Farbenfabrik nebenan ging, um Holz zu
holen. Dort gab man mir immer die Fässer von den
Anilinfarben, lila, rote, grüne, blaue, gelbe, und die trug
ich weg und zersägte sie auf dem Hof, und meine Hände

44

waren so bunt wie die Fässer, und wenn ich mir dann auch noch ins Gesicht und ans Genick faßte, lachte meine Tochter mich aus, Pappi, du siehst aus wie ein Papagei, und abends haben wir den Ofen dann immer mit einer anderen Farbe geheizt...«

»Was gibt's? Was ist los?« erschraken die Schleifer.

»Fährt hier immer noch dieser schöne kleine Dampfzug lang?« fragte der Regisseur und hob die Hand.

»Alle Stunde.«

»Teufel auch! Der gäbe einen schönen Hintergrund ab! Aber holen Sie Ihre Töpfe, und ich lasse Wurst und Brötchen bringen.«

Und dann kam der Regieassistent mit den Hüttenlehrlingen herbei und zeigte ihnen, wie sie den Hintergrund für die »Vesper in unseren Betrieben« zu gestalten hatten, die eine Gruppe sollte sich an das Aquarium mit den Fischen stellen und sich mit Interesse weiterbilden, während die zweite Gruppe aus dem Birkenhain herausstürzte und zu den diskutierenden Arbeitern lief und dabei das Aufbaulied »Dem Winde, dem Regen gilt unser Gebot« zu singen hatte...

Der Regisseur nahm ein Stück Kreide und malte an das Tor des Knüppellagers einen Plan und skizzierte mit dem Regieassistenten zusammen noch einmal wie ein Choreograph die Situation, die Lehrlinge standen um ihn herum und sahen zu, wie das Tor aufgeschoben wurde und wie der Regisseur mit der Kreide in der Hand davor stand und einem Mann in englischer Kleidung an die Stirn tippte, in dessen Begleitung der Betriebschef im Sergekittel und der Vertrauensmann im nagelneuen Schlosseranzug in die Sonne heraustraten.

»So, und jetzt wird's ernst«, rief der Regisseur, und die Schleifer kamen mit leeren Seideln und Bechern aus der Werkhalle, in die eine Hand nahmen sie Wurst und Brötchen, einige schlugen die Zeitung auf und lehnten sich mit dem Rücken an die Brammen, und die Lehrlinge beugten sich über die Fischchen in den Aquarien oder postierten sich hinter dem Birkenhain.

Vindy gab das Zeichen, und die Haken senkten sich herab und berührten klirrend das grüne Glas des Ballons. Vindy räusperte sich.

»Jetzt bin ich wieder ein bißchen dran, Doktor«, sagte er, »ein Hymnus auf Jaroslav Vrchlický. Da ist kein Boden, auf dem dein dichterischer Geist nicht hätte Fuß gefaßt, auf deines gigantischen Lebens Wallfahrt. Verewigt hast du Licht und Schatten verschiedener Zeiten und hast mit hellem Wort der überraschten Brüder Herz beflügelt...«

Vindy rezitierte, und auf dem Brett in der kleinen Bude erwachte der Vorarbeiter, er stand auf, öffnete mit einem Fußtritt die Tür, setzte sich dann und blickte durchs Fenster auf die Beizerei in den grünlichen Dunstwolken, dann schnitt er sich die Blutwurst in Stücke, zählte sie ab und schnitt sich die passende Zahl Brotstückchen zurecht. Und immer ein Stück Blutwurst und Brot aufspießend, überlegte er, ob der Gerichtsrat dort nicht eigentlich lächerlich wirkte, ob er die Knöpfe an den Zitzen des Steuerkabels nicht womöglich deshalb verwechselte, weil er, der Vorarbeiter, böse mit ihm umging, und ob es nicht besser wäre, wenn er ihn gut behandelte, schließlich ist er ein Gerichtsrat, die Hütte Poldi ist jetzt voll von den verschiedensten sonstigen

Berufen und Tätigkeiten und Handwerken, dahin ist der Arbeitercharakter des Stahlwerks, in den Umziehräumen gibt es ganz andere Gespräche als sonst, viele gelehrte Köpfe haben sich hier versammelt, in der Kantine das gleiche, ein Kerl im Schlosseranzug ist in Wirklichkeit ein Oberst oder sogar ein Staatsanwalt, wir müssen anständig zu ihnen sein, können sie denn dafür, daß wir gesiegt haben?

»Abfahren!« winkte der Regisseur, und die Kamera surrte, die Schleifer kauten und riefen mit vollem Mund: Die Festung Pusan steht vor dem Fall. Imperialisten, springt ins Meer! Wir werden euch Friedensstahl in eure Rüssel stopfen! Die Lehrlinge zeigten auf die Fischchen, und die Birkengruppe sprang über die Gleise und sang: Dem Winde, dem Regen gilt unser Gebot…

»Stopp!« sagte der Regisseur. »Jetzt noch ein Halbdetail von oben!«

Und er half dem Kameramann auf den mit Brammen beladenen Wagen, und der Assistent reichte vorsichtig die Kamera hinauf.

Wieder surrte die Kamera, und die Schleifer stießen mit den leeren Bechern an und riefen Losungen, und die Lehrlinge kamen erneut aus dem Birkenhain gelaufen und beugten sich so lange über das Aquarium, bis der Regisseur mit beiden Händen abwinkte.

»Danke, gestorben!«

Vindys Stimme schwebte über den Säureschwaden.

»Der höchsten Poeten einer, hast die böhmischen Auen du besungen, bist eingetreten in der Musen Pantheon, Jaroslav, neben anderen Größen. In die Ewigkeit des

Ruhms führen heute deine Spuren... doch mit jedem, nein... möge heute auch die unablässige Tageshast dein Erbteil, Meister, vergessen lassen, weil vorübergehender Goldflitter der Zeit uns vielleicht den Blick getrübt... Doch mit jedem Frühling der Garten sich in Blüten kleidet und der Geist aus der Wirrnis heraus zu neuer Ordnung findet...«

Vindy nahm die Mütze ab, sein Haar war so dicht wie eine Fellkappe. Und sein Kopf so groß, daß er jede Mütze hinten aufschneiden und mit einer großen Klammernadel zuheften mußte. Der Vorarbeiter trat vor die Holzbude, spuckte die Blutwurststückchen aus, die ihm in den löchrigen Zähnen steckengeblieben waren, dann ging er über die Planken, vorbei an den Mulden, durchquerte die grünlichen Schwaden. Und als er aus dem Glasballonlager herauskam, schleckten ihm grüne Zünglein, Dunstflämmchen an Jacke und Hose.

Und quer über die Gleise kamen der Betriebschef, der Vertrauensmann und der Mann im englischen Anzug, der sich eine Mütze aufsetzte.

»Das ist der Abgeordnete vom Zentralrat«, stellte der Betriebschef vor.

»Freigemacht hat er sich, sich die Zeit abgerungen, um zu euch zu kommen«, sagte der Vertrauensmann.

»Schaut mal, zu meinem Bedauern habe ich erfahren, daß ihr der Forderung nicht zustimmt, uns dem Sozialismus näherzubringen«, sagte der Sekretär und zog sich, weil er sich als der Große Bürger ansah, die Mütze tiefer in die Stirn, »wenn der Autor von ›Rot glüht der Morgen über Kladno‹ das erfährt, was wird er dazu sagen?«

»Ja«, sagte Milchmann und hob das kleine leere Seidel, »was wird er dazu sagen, wenn ihr uns Normen erfüllen laßt, die ihr aber nicht vorschriftsmäßig mit uns besprochen habt? Tonda wäre doch nicht gegen uns! Ich war noch ein Junge, da haben er und mein Papa zusammen auf der Harmonika gespielt und abends den Arbeitern beigebracht, sich nie unterkriegen zu lassen!«

Der Sekretär drehte sich um, ging zwei Schritte, tauchte die Hand in das Aquarium, befeuchtete sich dann wie mit Weihwasser die Schläfen und sagte wie gebannt: »Auf was für ner Harmonika?«

»Auf 'm Helikon«, sagte Milchmann, »er und mein Papa tranken bei Secký ihren Schnaps. Denn der Tonda ist und war doch ein lebendiger Mensch.«

Der Sekretär nahm die Landkarte aus Priesters Händen, warf einen Blick darauf und sagte: »So dürft ihr nicht reden, damit spielt ihr den Aggressoren in die Hände. Hier beim Filmen habe ich gehört, wie gut ihr begriffen habt, daß das blutende Korea unsere Waffen braucht... aber was höre ich da jetzt?«

»Das gleiche«, polterte Milchmann, »was der Vertrauensmann und hier der Betriebschef zu hören bekommen haben! Ihr behandelt uns wie die kleinen Jungs, und das ist ein Abweichen von der Parteimoral! Wer sind wir denn?« rief Milchmann und stieß das Seidel gegen eine Bramme.

Der Sekretär blickte auf seine Begleiter, dann ging er wieder zum Aquarium, stützte sich leicht darauf, betrachtete voll Interesse die roten und goldenen Fischchen, drehte sich wieder um und sagte müde: »So dürft ihr aber nicht vorgehen, wir können die Weisungen der Regierung weder in Abrede stellen noch mißachten.«

»Was das betrifft, Genosse, da wende dich an die Genossen Krosnař und Zápotocký, die haben uns gelehrt, daß die da oben dazu da sind, auf uns hier unten zu hören. Das Gesicht zur Masse, nicht wahr?« sagte Milchmann, schüttelte die Hand und wandte sich zu den Schleifern um, als wolle er die Zustimmung jedes einzelnen einholen.

Der Gerichtsrat sprang auf die Kante der Mulde, hielt die vier Kabelzügel fest, setzte Fuß um Fuß die weißen Beine, die aus den zerfledderten Hosenbeinen des Arbeitsanzuges ragten, voreinander und folgte dem grünen Glasballon mit der Salzsäure, der Ballon stieg samt dem geflochtenen Korb wie ein grüner Mond in die Höhe. Als der Rat den Vorarbeiter erblickte, schwankte er wie ein Seiltänzer, ging aber weiter... und drückte auf einen Knopf, und der Kran hielt an.

Der Vormann nickte.

»Läuft ja ordentlich heute«, sagte er.

»Jawohl, bitte schön«, antwortete der Gerichtsrat.

Vindy legte eine Stahlstange quer über die Mulde und hob die Hand, und der Gerichtsrat drückte auf den Knopf, auf den richtigen, und der Kran ließ den Ballon sinken, Vindy hatte weiter die Hand oben, erst als der Ballon aufsetzte, sich zu neigen begann, zog er den Korken aus dem Hals, und daraus blubberte eine grünliche beißende Flüssigkeit, und der Ballon senkte sich allmählich tiefer, gab seine senkrechte Stellung auf und kippte immer weiter in die Waagerechte, bis der Hals direkt nach unten zeigte.

»Aber das spielt unserer Reaktion in die Hände!« sagte der Sekretär. »Uns liegt eine Nachricht aus Kladno vor, da hat ein Großbäcker seiner Tochter eine Million zur Hochzeit geschenkt. Ich frage mich, wie kommt das, wo wir doch alle mit fünfhundert Kronen angefangen haben?«

»Du hast, Genosse, den Nagel nicht auf den Kopf getroffen. Den Großbäcker wird die Epoche fressen, er hat ein Haus verkaufen können, er hat Brillanten haben können, Dukaten, aber Jungs, es reicht!« Milchmann hob das Seidel. »Es reicht! Genosse Sekretär, da hast du unsern Vertrauensmann, den Betriebschef, richtet alles so, wie es sich für eine Normerhöhung gehört. Der Arbeitsökonom soll zu uns an den Arbeitsplatz kommen und mit uns die Normerhöhung besprechen. Falls ihr das nicht wißt, ich weiß, wie man die Sache richtig und parteilich angeht. Wir wissen wohl, was die Regierung braucht, doch Jungs, kommt mit auf ein Bier, mit so einem Sekretär ist vorläufig kein Reden.«

Und er hob das kleine Seidel und ging als erster, die Schleifer folgten ihm nach, auf den Schienen drehten sie sich um, dann sagte Milchmann zu dem Regisseur, der sich ins Lastauto setzte:

»Das hättet ihr drehen sollen, ihr Bethlehemarchitekten, das, was ihr eben gehört habt! Dazu hätten eure Aquarien und Birkenhaine gepaßt!«

Der Sekretär blickte der abziehenden Schleifertruppe nach, er lächelte.

»Na bitte«, flüsterte der Vertrauensmann, »hier in Kladno sind die Genossen scharf wie die Rasiermesser.«

»Was ist das für ein Mensch?« erkundigte sich der Sekretär, und der Betriebschef schob das Tor zum Knüppellager auf.

Bei dem Haufen verrosteter Christusse und Englein und sonstigen Schrotts hatten die weiblichen Sträflinge Platz geschaffen. Eine kleine Lok schleppte die Mulden zu den Martinsöfen und brachte die leeren zurück. Eine bucklige Frau hatte eine Zaunlanze gefunden, sie reichte einer Kameradin die zweite Lanze und nahm sofort Fechterhaltung ein, die andere Gefangene stellte sich vor ihr auf, und so gingen sie mit albernen Ausfällen aufeinander los, die Bucklige mußte immer höher auf den Haufen steigen, bedrängt von der nachstoßenden Lanze ihrer Freundin, welche die Bucklige über den Gipfel drüber bis hinunter ans andere Ende der Halle trieb... Und die übrigen lachten, hielten sich die Bäuche, umarmten sich, lagen einander über den Schultern wie die Brauereipferde in der Mittagszeit und lachten und wieherten.

»Ich sterbe!« schrie Lenka.

»Bitte«, sagte der Vertrauensmann, »Milchmann, so nennen wir ihn hier, weil er seinen Milchladen von selber zugemacht hat und zuerst in die Gruben gegangen ist, und jetzt arbeitet er als Schleifer und ist der beste Arbeiter, ein ergebener Genosse, aber einer aus Kladno. Ist die Mutter gesund, will ihr keins der Kinder Holz und Wasser bringen, ist sie aber krank, dann überschlagen sie sich, ihr zu helfen, he he.«

»Krank, krank«, sinnierte der Sekretär, »aber wenn sie erst mal krank ist, dann könnte das auch schon zu spät sein, was meinst du?«

»Also Mädels, Mädels!« mahnte der Posten friedlich und stand blaß und leichenfahl auf, einen Finger hinterm Militärkoppel.

Der Gerichtsrat drückte auf Vindys Zeichen den richtigen Knopf, und der gläserne Ballon richtete sich wieder auf. Dann balancierte der Rat auf der Muldenkante, drückte auf den jeweils richtigen Knopf, und der Ballon glitt durch die scharfen grünlichen Wrasen auf und davon.

»Gut«, lobte der Vorarbeiter und lächelte.

Vindy ging über die wippenden Planken zum Ballon und in die Wolke hinein, in der Gerichtsrat Hasterer verschwunden war, und schrie: »Es wird besser in den geistigen Bereichen!«

Und der Kran rollte und klingelte durch die ganze Werkhalle, die Sonne stand bereits so hoch, daß die Streifen und Bänder der Belüftungstürme von den Wänden zur Decke geglitten waren, in der sie jetzt als strahlende goldene Schwerter steckten. Der Kran durchstieß die blauen Schatten und Halbschatten, der Lastenanschläger streckte die Hand aus, sein blauer Arbeitsanzug verschwamm mit den blauen Schatten der Werkhalle, er hielt den Sekretär an, der den Finger schräg über die Lippen gelegt hatte und zusah, wie ein alter Arbeiter eine Brechstange nahm, wie eine Flinte an die Wange legte und »peng!« schrie, als die Kranführerin näher kam.

Der Sekretär sah, wie die blonde Frau die Arme ausbreitete, als sei sie am Flügel getroffen, wie sie das gebleichte Köpfchen auf die Gondelbrüstung legte, einen Moment erschlaffte, sich dann aber fröhlich aufrichtete, klingelte und ein Lachen zu dem Arbeiter herabschickte, über dem ihr Kran hinwegpolterte.

»Seltsame Leute sind das hier«, sagte der Sekretär und wandte sich nach dem davongleitenden Kran um, »also, damit die Sache klar ist«, fuhr er fort und blickte dem davongleitenden Fahrkorb nach, nahm den Vertrauensmann und den Betriebschef beim Arm und steckte dann den Kopf zwischen sie beide, »also erstens, sofort den Ökonom zu den Arbeitsplätzen schicken, damit er die Normerhöhung bespricht, zweitens, sofort an die Tafel schreiben, daß vorläufig nach der alten Norm gefahren wird, und drittens, wie alt ist dieser Milchmann?«

Im selben Augenblick begann der Lautsprecher des Lokalsenders aus Švermovo einen Walzer zu spielen, und die weiblichen Sträflinge warfen die Lanzen fort und liefen zu den Waggons hinunter, wo festgestampfter Boden war, und begannen miteinander zu tanzen... auch das Mädchen mit dem eingegipsten Arm eilte herbei und hob den Gipsarm und legte den gesunden Arm um sich und tanzte ganz allein mit dem Gipsarm einen Walzer.

»Die Grenzverletzerin«, sagte der Vorarbeiter.

»Das ist, bitte schön, meine Tochter«, sagte Gerichtsrat Hasterer und verbeugte sich.

»Ach Mädels, Mädels!« sagte der bleiche Posten erschrocken.

Der Engel

Der junge Posten mit dem Finger hinterm Militärkoppel, an dem das Futteral mit dem Revolver steckte, stand beim Magazin für Schamotteröhren und sah zu, wie die gefangenen Frauen die Röhren aus Králová abluden. Neben ihm kümmerte die Salweide dahin, die jedes Jahr wegen der Kätzchen von Menschenhänden gefleddert wurde. Und der Posten betrachtete den Berg Kriegsschrott, die Haufen feuerversehrter Krankenhausbetten, verrenkter Röntgenapparate, Kardiographen und anderer Meßgeräte, betrachtete den Haufen Schreibmaschinen, die von den Luftangriffen unbrauchbar waren, anscheinend hatte es eine Fabrik für Schreibmaschinen erwischt, die Tasten bleckten sich gegen die Sonne, Leichenmündern ähnlich, und zwischen den verbogenen Typen hing da und dort ein Tropfen von grünlichem Glas. Und über den Schreibmaschinen, hoch oben auf dem Gipfel, ein Kinderbettchen, und am Kopfende des Bettchens ein Farbdruck, und auf dem Farbdruck überquerte ein schlankes Mädelchen einen Steg über einem Abgrund, das Mädelchen trug ein weißes Kleid, und über dem Kind schwebte ein Schutzengel, weiß auch dieser, fast berührte er mit den Händen den Rücken des Mädelchens, und seine weißen Flügel glichen zwei Bräuten. Und der junge Wachposten wurde blaß, die beiden Kerben rechts und links des Mundes wie zwei Narben von Messerschnitten. Gebannt schaute er auf den Farbdruck, zog die Uhr, überlegte zunächst, befand, es werde eins sein, doch als er dann wie immer auf das Zifferblatt blickte, da fehlten noch anderthalb Stunden. Und zwei beschürzte Arbeiter schoben eine Lore ins Röhrenmagazin und begannen die Králover Röhren zu schleppen, welche die weiblichen Gefangenen gerade abgeladen hatten.

»Herr Wachposten«, sagte die Strafgefangene Lenka, »die Männer müssen das Material so weit tragen, kann ich denen nicht helfen? Wir sind fertig.«

»Ein Engelchen«, sagte der Posten und steckte die Uhr ein und zeigte auf das Bettchen.

»Mein Schutzengelchen«, sagte Lenka und zeigte auf den Posten, »aber haben wir Ihnen denn manchmal was zuleide getan?« flüsterte sie und berührte seinen Uniformärmel.

»Haun Sie ab!« brüllte der Posten. »Und ihr anderen da! Mit dem Besen die leeren Waggons ausfegen!« kommandierte er, doch die Frauen wußten, daß er sich entschuldigte.

»Danke«, sagte Lenka und trat in den Schatten des Magazins, die groben Hosen und das weiße Kittelblüschen bewegten sich durch das Dunkel, vier Diebinnen sprangen auf die Waggons und begannen leise zu singen: Ein Tag ganz ohne dich, der ist so öd und leer, wie tausend rote Rosen, geworfen tief ins Meer... Und der Posten sah immer tiefer in den Farbdruck des Kinderbettchens hinein, über Hunderten von fletschenden Schreibmaschinen thronte das Bettchen, und als er an seinem Koppel rückte, spürte er, daß ihm der Schulterriemen die Flügel abschnürte und das Gefieder quetschte, und bekam angesichts des Kinderbettchens eine Ahnung, daß die Freunde in seiner Wachabteilung nicht von ungefähr »Schutzengel« zu ihm sagten.

»Soll ich euch helfen kommen?« sagte Lenka.

»Wenn's der Engel erlaubt hat«, sagte Atomprinz.

»Bilden wir also eine Kette«, sagte Herr Hulikán.

»Eine Kette des Glücks, doch ziehen Sie bitte die Handschuhe aus«, flüsterte Lenka.

»Leib an Leib«, lächelte Prinz.

Und er nahm die Králover Röhren vom Stapel und reichte sie dem Mädchen, und sie stupste, während sie die scharfkantigen Schamotteprismen übernahm, mit den Fingern leicht in die Hand von Prinz, und streichelte, als sie zu Herrn Hulikán weitergab, diesem über den Handrücken.

»Es ist ein Graus«, sagte Herr Hulikán, »krieg ich jetzt meinen Lohn, dann weiß ich nicht, soll ich ihn in den Ofen stecken oder einfach versaufen.«

»Sparen Sie«, sagte Lenka, »und wenn ich aus dem Knast raus bin, machen wir zusammen einen drauf.«

»Wenn Sie rauskommen«, sagte Herr Hulikán, »da bin ich längst am Ende. Aber eins soll man mir mal erklären. Fünfzehn Jahre lang habe ich Eis für die Kneipen gefahren... und in jeder Kneipe hab ich zu trinken und zu essen gekriegt, was ich wollte. Und in so einem Sommer hab ich mir obendrein sechs Schuhkartons, sechs Kartons voll Zigaretten zusammengespart!« schnaubte Herr Hulikán, und als er sich über die Lore bückte, drückte Lenka ihm ein Küßchen auf den Scheitel inmitten des dichten Haars.

»Was sollen wir Frauen denn sagen?« meinte sie.

»Sie sind ein junges Blut, ich bin aber schon über die

Fünfzig drüber!« schrie Herr Hulikán, und zog die Hose, obwohl sie gar nicht rutschte, immerzu mit den Ellbogen hoch. »Oder nehmen wir die Orionka! Zur Vesper hab ich mir Mandelschokolade und Sahne in die Henkelkanne getan und Dampf reingeblasen, und fertig war die Schlagkrem! Dazu ein paar Desserts und Schluß! Und was haben wir da gesoffen! Wir hatten den Nachschlüssel zum Magazin mit den Schnäpsen. Und als das Schloß ausgewechselt wurde, da haben wir einen Liter heißes Wasser in ein leeres Spritfaß gekippt, das Ganze ein bißchen gerollt, einen Schuß Essenz dazu, und das ergab einen Grog, daß wir uns auf die Hände traten! Aber heute! Wo bin ich hingeraten? Die Piepen reichen nur zum Essen und Trinken. Und wo ist die Familie?«

Herr Hulikán breitete die Arme aus und nahm schnell zwei Králover Röhren und legte sie in die Lore.

Und der Posten lehnte an der zerknickten Weide, starrte auf das Kinderbettchen, das den Schreibmaschinenhaufen krönte, und der Schutzengel zog ihn in den Farbdruck hinein, schnallte ihm Flügel an, Schwingen, wie zwei Bräute so groß, und gab ihm die Genugtuung, derjenige gewesen zu sein, der wie der Engel an dem Bettchen eine Strafgefangene beschützt hatte, die bei den Frösten voriges Jahr während der Nachtschicht durch den Drahtzaun hindurch geschwängert worden war, nein, nicht von ihm, sondern von einem Mann auf der anderen Seite des Zauns, der Stacheldraht hatte der Frau die Sehnen im Kniegelenk und den Rücken kaputt gemacht, doch ihre Augen hatten unter Tränen gestrahlt. So auch im Herbst, als die Zigeunerin das Loch auf der einen Seite der Mauer grub und ihr von der anderen Seite her einer, vielleicht auch ein Zigeuner, bestimmt aber ein gieriger Mann, entgegenkam, und von dem Erdloch wurde die Zigeunerin schwanger, sonst gab es nur diese Öffnung im Boden, unter der Mauer, es regnete damals, goß in Strömen, der Posten hatte dann die zerwühlte lehmige Erde auf beiden Seiten gesehen, aber auch die über und über verdreckte Zigeunerin, in deren Augen das Glück stand.

»Prinz«, hauchte Lenka, »tun Sie so, als wäre Ihnen was ins Auge geflogen.« Und sie hob die Hand, und ihr leicht blutender Ringfinger beschmierte den Zeigefinger des Jünglings.

»Aber mir ist nichts reingeflogen«, stellte Prinz sich dumm.

»Blöder Kerl«, Lenka stampfte auf und bebte, »dann sagen Sie mir doch, was gibt es Neues in der Welt?«

Und Prinz nahm unablässig die Králover Röhren vom Stapel und reichte sie weiter, und die Gefangene streichelte jedesmal beide Männerhände, während die drei Paar Schutzhandschuhe auf dem Brett lagen. Dann patschte Atomprinz auf die Tasche seines Schlosseranzugs, aus der der Daily Worker lugte, und sagte: »Nichts Besonderes, bis auf eine Bessie Smith, die dem farbigen Weltmeister im Halbschwergewicht ihre Puppe hat zeigen wollen, diesem Sugar, der im Hotel Central wohnt, ja, und das Mädelchen ist nicht in die Wohnung seiner Eltern zurückgekehrt.«

»Dann muß ihr was zugestoßen sein«, sagte Lenka.

»Ganz recht, ihr Schutzengel hat sie verlassen«, fuhr Prinz fort, »am Schluß des Blattes steht, Bessie Smith ist in der Nähe vom Hotel Central gefunden worden, mit einem Seidenschal erwürgt, doch der farbige Weltmeister im Halbschwergewicht Sugar erinnert sich nicht, unter seinen Verehrerinnen das genannte Mädchen mit der Puppe gesehen zu haben. Scotland Yard hat die Fahndung aufgenommen... aber mir ist was ins Auge geflogen!« rief Prinz und fummelte und rieb an seinem Augenlid rum.

»Er hat einen Splitter im Auge«, sagte Lenka und trat aus dem Magazin ins Freie, »darf ich ihm den rausmachen? Ja?«

»Rausmachen!« schrie der Posten.

Und Lenka ging zurück, und er blickte ihr nach, sah sich selber hinter ihr hergehen, die Hände fünf Zentimeter vom Rücken der Strafgefangenen entfernt, spürte er den Schutzengelstrom zwischen seinen bewahrenden Händen und ihrem bewahrten Rücken fließen, genauso wie auf dem Farbdruck an dem Bettchen auf dem Haufen Kriegsschrott, er sah sich schon nach Schichtschluß die weiblichen Sträflinge über die Brücke am Rangierbahnhof führen und hörte bereits die Federn aus seinen Flügeln rieseln, die so groß waren wie zwei Bräute, aus seinen Flügeln, gehalten von dem Militärkoppel, an dem sein Wachtpostenrevolver hing.

Herr Hulikán saß auf der gleichmäßig mit Králover Röhren bepackten Lore und rauchte und grinste. Lenka hielt den Lockenkopf des Atomprinzen und hob mit dem Daumen sein Lid an und preßte sich an ihn.

»Du hast schöne Augen«, hauchte sie.

»Es geht«, sagte er.

»Sei ein bißchen lieb zu mir, Jesus Christus, ich könnte einen Mann brauchen, um Gottes Barmherzigkeit willen, einen Mann«, flüsterte sie mit heißem Atem, »aber was gibt es sonst Neues auf der Welt?« rief sie. »Jetzt nach oben gucken, gut!«

»Die Amerikaner haben sich in Korea ausgeschifft«, sagte er. »Aber den MacArthur haben sie suspendiert, schade und nochmals schade, weil er die Atombombe werfen wollte.«

»Jetzt nach unten gucken«, sagte sie und schob ihr volles Knie zwischen Atomprinz' Schenkel, »und Sie würden sich über diese Bombe freuen.«

»Und ob«, sagte Atomprinz.

»Auch wenn Menschen drunten wären?« fragte sie und hob das Knie noch höher.

»Je mehr Menschen, desto besser.«

»Aber die Menschen sind doch Menschen«, hauchte sie, und ein Schweißtropfen löste sich von ihrer Stirn, »doch jetzt gucken Sie nach rechts, so. Und die Mädels wollen wissen, wie Zátopek gestern gelaufen ist.«

»Ein nationales Unglück«, sagte Atomprinz, »aber ein gut besetztes Rennen war es schon. Zu Anfang hielten sich Schade, Pirie und Chataway vorne, zeitweise glänzte auch Gaston Reif. Doch ab Runde acht gingen allen die Nerven durch. Zátopek setzte seine Spurts ein, dann aber schob sich Mimoun nach vorn, doch jammerschade!«

»Zátopek hat doch nicht etwa verloren? Und wir haben ihm die Daumen gehalten!« sagte Lenka, nahm ihr Taschentuch und fuhr mit dem Zipfel über Prinz' Hornhaut.

»Nein, dieser Teufel Zátopek ging nach vorn«, fuhr Prinz mürrisch fort, »und siegte mit olympischem Rekord.«

»Das ist wunderbar«, flüsterte Lenka, und ruckte, als trete sie eine Nähmaschine, »das ist gut.«

»Die Amerikaner haben aber im Stillen Ozean eine Wasserstoffbombe erprobt, die ist tausendmal stärker als die, welche sie über Hiroshima abgeworfen haben«, sagte Prinz.

»Hören Sie mir bloß mit den Amerikanern auf«, sagte sie, »mit denen hab ich nichts am Hut, in den Knast haben sie mich gebracht, dauernd raten sie uns, wie wir standhalten sollen, aber letzte Woche kam hier ein Zug mit schwedischem Erz an, wir mußten das Erz aus den Waggons werfen, an denen amerikanische Besatzungszone dranstand...« Sie keuchte und zuckte.

Sie bemerkte nicht, daß Herr Hulikán schon das vierte abgebrannte Streichholz an ihrem Kopf vorbeiwarf, um die nächste Zigarette anzuzünden, und immer noch mit gesenktem Kopf auf dem Rahmen der Lore hockte. Jetzt schnipste er die Zigarette weg und sprang herunter.

»Mein Schutzengel hat mich verlassen«, sagte Herr Hulikán und ging nach draußen vor das Magazin und wiederholte zu dem Posten, »mein Schutzengel hat mich verlassen! Immer war ich an etwas gewöhnt, ans Deputat oder ans Klauen. Aber hier? Da ist es mir ja sogar bei der Waldbrigade im Böhmerwald besser gegangen! Dort hatten wir wenigstens was zu saufen! Die Ruthenen hatten mir beigebracht, wie man zwanzig Liter denaturierten Sprit in den Brunnen gießt, das Ganze ansteckt und nach einer bestimmten Zeit mit Decken ablöscht... Schon ist der Brunnen die reine Schnapsbrennerei. Doch der Paukenschlag, der mich in Teufels Küche brachte, war der Fausthieb, mit dem ich das

62

Brauereipferd totgeschlagen hab, das mit mir das Eis fuhr. Rausgeschmissen haben sie mich. Kurz, mein Schutzengel hat mich verlassen«, sagte Herr Hulikán voll Gewißheit zu dem Posten.

»Schon ist es draußen«, rief Lenka und kam mit dem Taschentuch ins Freie, auf dessen Zipfel das nichtexistierende Splitterchen aus Prinz' Auge haltend, sie holte tief Luft, die Sträflingsfrauen fegten immer noch mit Strauchbesen die Waggons aus, doch der Posten hörte nichts, er lehnte an der heißen Bretterwand des Magazins für die Králover Röhren und dachte sich tiefer in das Wesen seiner Versäumnisse hinein, betrachtete immerzu den Farbdruck am Kinderbettchen, und immerzu erschienen ihm die Bilder, auf denen er, der Wachmann, wie ein weißer Engel damals in den Frosttagen die gefangenen Frauen vor Schichtende zu den Männerduschen nach hinten führte, wo die Frauen an der Zentralheizung saßen, zur Wand blickten, mit den Augen aber zum Flur schielten, durch den die nackten Hüttenwerker, Seife und Handtuch in der Hand, von den Umkleideräumen herüberkamen, und die Frauen schielten nach den Männerkörpern, folgten den Nackten sogar um die Ecke, bis sich die Frauenaugen in Duschen verwandelten und mit ihrer Begehrlichkeit die staubduftenden Leiber abwuschen. Und der Posten hatte seinen Bericht geschrieben, hatte gespürt, wie die Flecken in den Gesichtern der Sträflingsfrauen auf seine Wangenröte übersprangen, er wußte, was er zugelassen hatte, war gegen die Vorschriften, doch über die Vorschriften hinaus fühlte er, daß man Menschen wie diesen, die man ihm anvertraut hatte, wenigstens ein-

mal am Tag einen brennenden Weihnachtsbaum zeigen
mußte...

»Los, gehen Sie vor!« schrie der Posten. »Die Suppen-
kübel ausspülen! Und warten Sie dort auf mich!« befahl
er. Doch die gefangenen Frauen wußten, daß dies eine
Stimme war, die um Entschuldigung bat.

Nachdem sie gegangen waren, nachdem die Arbeiter
die mit den Králover Ziegeln beladene Lore aus dem
Magazin hinausgeschoben hatten, stieg der Wachposten auf den Schreibmaschinenhaufen, zog das Kinderbettchen herunter, lieh sich dann von dem Mann mit
dem Schneidbrenner auf dem Schrottplatz eine Schere
und schnitt sich den Farbdruck aus dem blechernen
Kopfende heraus. Dann nahm er das Bild, ging ins Magazin, blickte sich um und schnallte sich hinter einem
Stapel Králover Röhren das Koppelzeug ab, legte die
Uniform ab und schob sich den Schutzengel auf den
Rücken unters Hemd, rückte die Flügel auf seinen
Schulterblättern zurecht, zog sich die Joppe an und
schnallte Koppel und Schulterriemen fest, um das Bild
durch das Tor zu bringen. Als er in die Sonne hinaustrat
und den Frauen nacheilte und dann als Wache hinter
ihnen herging, spürte er, wie die Flügel auf dem Farbdruck an seinem Körper festwuchsen, und wußte, daß
weder das Koppelzeug noch etwas anderes auf der Welt
ihn daran hindern würde, weiße Flügel zu haben,
Schwingen so groß wie zwei Bräute, und daß ihn nichts
mehr daran hindern konnte, die ihm anvertrauten
Frauen auch in Zukunft schlecht und unvorschriftsmä-
ßig zu bewahren und dadurch selber gerettet zu sein.

Bramme und Brammen

Eine Kneipentür am äußersten Rand der Stadt flog auf, und der Wirt schleppte ein blondes Mädchen ins Freie, doch als er sie die Treppe hinunterwerfen wollte, hielt sie sich mit beiden Händen am Geländer fest und schrie in die Nacht hinein: »Laßt mich leeeben! Laßt mich leeben!«

Der Wirt packte das Mädchen mit einer Hand um den Leib, zog mit der andern einen Schlüsselbund heraus und schlug ihr mit den Schlüsseln über die Finger, und als sie das Geländer losließ, wuchtete er ihr das Knie in den Rücken, und mit vorgestreckten Armen stolperte das Mädchen die Stufen hinab und fiel auf die verlassene Straße, und ihr helles Haar ging auf wie ein Pfauenschwanz, wie ein Fächer aus weißen Straußenfedern.

»Holla!« rief Prinz. »Das ist vielleicht 'ne Freundin von mir!«

»Dann hast du Strolch aber eine feine Freundin«, sagte der Wirt, sich in der Tür umdrehend, »neun Rum und fünf Bier hat sie geschluckt und nicht bezahlt!« Damit schlug er die Tür zu und sperrte wütend ab.

»Laßt mich leeeben«, begann das Mädchen weinerlich.

Entlang den Gleisen beim Schrottplatz des Stahlwerks fährt eine Feuerwehrspritze mit voller Bemannung, die Feuerwehrleute hocken auf den Sitzen, einige auf den Trittbrettern, ihre Helme glänzen in der Vormittagssonne, ein Feuerwehrmann mit gefletschten Zähnen hat den Schuh auf den Kotflügel gestellt, hält sich mit einer Hand fest und salutiert mit der anderen, blickt feierlich nach allen Seiten, sich für die Grüße bedankend, die er sich einbildet, und tut jedermann kund: »Die Kühlwasserleitung beim Hochofen ist verstopft. Wir müssen mit den Spritzen ran!«

»Es bessert sich schon tüchtig, Doktor«, sagte der Muldenarbeiter Bárta, »das schriftliche Europa konsolidiert sich.«

»Was für ein Europa?« jaulte der Doktor der Philosophie auf. »Und wieso christlich? Jüdisch ist es, mehr als je zuvor.«

Dabei zog er einen Zylinder samt Kolben aus dem geöffneten Waggon, eine gläserne Tellerscheibe, zertrümmerte Reste von Leydener Flaschen, verklumpte Kompasse, Flaschenzüge mit Gewichten und Gegengewichten, ein Bündel eiserner Ruten mit Spulen, ein Standgalvanoskop, ein Spektroskop und einen Spiegelsextanten, und warf alles in die Begichtungsmulden, während Bárta, der Gewerbetreibende, die Messingteile abriß und in eine kleine Kiste packte, weil er das Messing nach der Schicht wegschaffen und kiloweise gegen bares Geld verhökern wollte.

»Ein christliches Europa!« sagte Bárta.

»Mensch, nun aber mal prr!« Der Doktor der Philosophie hob die Hand. »Auf dem einen Pol der Welt steht ein genialer Jude, Christus, auf dem anderen Pol ein zweites Genie, Marx. Zwei Spezialisten für Makrokosmen, für Ganzheiten. Und der Rest: Häschen in der Grube.«

66

Sprach's und hob die Brechstange und schlug den Sperr-
haken des nächsten Waggons heraus, darauf hoben er
und Bárta die Tür an, wuchteten sie aus der Halterung
und setzten sie sanft auf den Gleisen ab. Sogleich wühl-
ten sie sich in den Waggon hinein und warfen eine
Jauchepumpe und ein Spreugebläse in die leere Mulde,
vom Schneidbrenner zerstückelte alte Dreschmaschi-
nen, Häckselmaschinen, vom Schneidbrenner zerteilte
Tore und Drillmaschinen, Kleemäher, Dezimalwaagen
sowie Stücke von einem Pflug.

Prinz kniete sich neben dem schönen Haar auf die Erde,
doch als er sich vorbeugte, fiel er auf die Hände. Er
verharrte eine Weile auf allen vieren, fiel dann um und
blieb rücklings auf dem Fahrdamm liegen, und als er
zum Himmel hochsah, drehten sich die Sterne wie ein
blühender Baum. Er rollte sich auf die Seite, stand vorsichtig auf und spürte, wie ihm die beißende Flüssigkeit
des Alkohols vom Magen in den Mund lief.

»Hab kein Bett zum Schlaaafen«, sagte das Mädchen.

»Komm mit zu uns«, sagte Prinz und kroch auf allen
vieren zu der liegenden Gestalt, strich ihr Haar zur
Seite, setzte sich dann hin, suchte lange nach Streichhölzern, riß sie an, doch alle gingen aus. Schließlich nahm
er vier Hölzer auf einmal und machte sich damit Licht.
Das Mädchen hatte die Augen geöffnet, nun drehte sie
sich um, und über ihre Stirn lief eine lange Narbe, die
ihre Braue übersprang und sich über die Wange fort-
setzte und am Mund endete.

»Als ich ein kleines Mädchen war, Zdeněk, da bin ich
auf dem Pony geritten«, sagte sie, »aber keiner glaubt
mir, daß das mein Pony war.«

»Ich glaub es dir«, sagte Prinz und erhob sich, spreizte rasch die Beine, um nicht umzufallen.

Das Mädchen richtete sich auf, kniete sich hin und stand auf, sie taumelte.

»Sie wissen sich, Karliček... keinen Rat mit mir, mein endokrines System... es ist, als hätte ich immerzu die ganze Brust voll Sülze... und dann eine Spritze nach der anderen, Venda«, sagte sie und zog sich das Jäckchen aus.

Prinz setzte zum Gehen an, lief ein Stück, blieb dann wieder breitbeinig stehen.

»Zuerst kriegten wir 'n Grau-Grau-Graupenausschlag, Jaroušek«, sagte sie und ging hinter Prinz her, das Jäckchen am Ärmel durch den Staub nachschleifend, »du mußt wissen, ich arbeite jetzt bei den Giften... verpacke Jodsalze... ich bin getüpfelt«, sagte sie und fächerte ihr Haar mit der Hand, blickte zum Himmel hoch, beschrieb dann mit der Hand einen Kreis über dem Kopf und sagte, »getüpfelt bin ich mit Geschwüren wie der Himmel.«

Sie rannte los und überholte Prinz, blieb dann aber stehen und kehrte zu ihm zurück.

»Wo dieser Krempel bloß dauernd herkommt?« lamentierte der Gewerbler Bárta, »so viele Jahre nach dem Krieg und immer noch soviel Schrott.«

»Und damit es kein Durcheinander gab«, fuhr der Doktor fort, »haben die Juden das Terrain abgesteckt. In der Quacksalberei und in der Kunst Freud, Einstein in der Physik. Also zwei weitere Spezialisten, diesmal aber für die Details, für den Mikrokosmos. Im ganzen also ein Viergestirn genialer Juden, auf dem die Welt ruht. Der

Rest, das ist was zum Süppchenwärmen, zum Wässer-chenverdünnen.«

Er nahm die Gabel und zog aus dem Waggon in die bereitgestellten Mulden Ketten und rostige Stücke von Pflugscharen, dazu Kumte und Rübenhacken, einen kleinen Saatgutkasten und Mundstücke von Saatlei-tungsröhren.

»Aber Amerika, was ist damit?« rief der Gewerbler.

»Klarer Fall, Amerika«, sagte der Doktor, »Amerika hat es gut jetzt, denn in der Atomkommission sitzen Morgenthau und Baruch, und die haben bloß hübsch abgewartet, bis die Russen die Atombombe glück-licherweise auch hatten.«

»Aber die Amerikaner haben mehr von den Bomben«, sagte der Gewerbler.

»Klarer Fall, die haben mehr davon«, pflichtete der Doktor nickend bei, »aber wie ist mir diese Peroutková, diese Kuh, auf den Geist gegangen damit. Damals, sagt sie, als die Amerikaner im Februar Prag bombardiert haben, da hätte es bloß gescheppert, heute wär das aber ein ganz anderes Ding! Na dann, du dämliche Perout-ková, dann scheiß ich dir doch auf dein Freies Europa, denn was bleibt noch zum Leben, wenn ihr mir alles kurz und klein haut?«

Er richtete den Zeigefinger in die Ferne, und an dessen Spitze, jenseits der Halden von Kriegsmaterial, da, wo die Kuppeln der Hochöfen aufragten, da stiegen wie auf Befehl vier silberne Geiser in die Höhe, wie bei einer Übung oder bei einem Feuerwehrfest, und sprudelten ihr Wasser gegen den Hochofen, und von den Flanken des Hochofens stiegen Dampfwolken auf, blau und rosa, und der Dampf entwich rasch und verlor sich im blauen Sommerhimmel.

»Ach hätt ich doch 'ne Zigarette«, sagte sie.

Prinz stand auf, knöpfte sich die Jacke auf, tastete lange an sich herum, suchte mehrmals die Taschen ab, dann hielt er ihr stumpf die Zigaretten hin, und als er das Streichholz abriß, beugte sich das Mädchen über das brennende Hölzchen und breitete ihr Haar um das Feuer, als inhaliere sie. Und dann rauchte sie gierig, die Glut leuchtete auf und erhellte ihr Gesicht hinter den Haaren, sie lief los, stolperte, als jage der Alkohol sie vorwärts, sie mußte sich bremsen, während Prinz mit schweren Beinen ging, immer nur mußte er rückwärts laufen, immer nur schien er in eine Richtung gezerrt zu werden, in die er nicht wollte. So stiegen sie den Pfad neben dem Abwassergraben der Grube hügelan, und droben kippte man Schlacke ab, und das ganze Land war rot mit blauen Schatten, des Mädchens Haar leuchtete wie rosige Zuckerwatte. Prinz gab ihr Feuer für die nächste Zigarette.

»Daß du so eine Narbe überm Gesicht hast«, sagte er und ging dicht am Graben entlang.

»Ja, bei uns zu Haus gab's so eine verrüüückte Familie, Rudla«, sagte sie und lief Prinz zehn Meter voraus, drehte sich dann um und sagte, »Coloredo hieß die... Grafen, aber hatten bloß einen Kramladen... wenn die mal zum Jahrmarkt fuhren... forderten sie bei der Bahndirektion einen Salonwagen an... und einer von denen war wirklich irr-irre... aber ich bin als kleines Mädchen auf dem Pony geritten, und ich hab diesem Irr-irren am lautesten nachgeschrien... Graf Coloredo!« Das Mädchen schrie, doch das Land war still, nur den Weg herab kam ein Kinderwagen gefahren mit strahlend weißem Federbett, und als der Wagen vorbeirollte, sah Prinz, daß eine tränenüberströmte Frau ihn schob und daß ein winselnder Hund in den Kissen lag.

»Was ist los, Mutter, was ist denn... denn passiert?« fragte er und blieb breitbeinig stehen.

»Mein Haryk ist von einem Auto überfahren worden, mein kleiner Haryk«, sagte die Frau und schob den Wagen weiter, »ich bringe ihn zum Doktor.«

»Graf Coloredo!« schrie das Mädchen und schwenkte das zertrampelte Jäckchen. »Aber einmal ist der Irre mit der Sense angekommen... und hat meinem Pony von hinten die Bei-beine durchgehackt... und ich bin in die Brennnesseln gefallen, und als der Irre zurückgerannt ist... nein, er hat mich nicht gesehn, da hat er mir die Spitze von der Sense übers Gesicht gezogen, Pepa...«, sagte sie und gähnte, und schon rannte sie wieder los und trat sich auf das Jäckchen.

Und der Philosophieprofessor kletterte in den Waggon und reichte dem Gewerbler Mahlgutkörbe zu, die der Schneidbrenner zerteilt hatte, Sortiertrommeln, Getreidereiniger, Sichtersiebe zur Grießherstellung, Geräte zum Sahneschlagen.

»Scheint 'ne ausgebrannte Mühle zu sein oder was?« wunderte sich der Gewerbler Bárta und warf die Stücke in die Mulde.

»Die ganzen alten goldenen Zeiten wandern in die Schmelze, und ihr wißt das nicht mal«, sagte der Doktor, »die Zeit hat euch wie die Kälber geschlachtet, und was tut ihr? Ihr packt eigenhändig die Ausdrucksmittel eurer Klasse in die Öfen... und wißt nichts davon.«

»Aber die Welt wird das nicht zulassen«, gab der Gewerbler zurück, »was der Iran ist, der will es jetzt wissen.«

»Was für'n Iran?«

»Na der Iran.«

»Aber keine Rede«, sagte der Doktor, »der Irak wollten Sie sagen.«

»Nein, ich hab Freies Europa gehört, der Iran.«

»Also, hören Sie doch mal«, sagte der Doktor, »nun sind zwar Pissen und Pinkeln dasselbe, aber zwischen Irak und Iran ist ein verdammt großer Unterschied. Bloß hier, Kamerad, hier sind die Russen. Und die haben seit jeher gute Schachspieler, Bassisten, Gewichtheber, Ringer, Eisschnelläufer und eine gute Außenpolitik.«

Und der Doktor packte sich Eismaschinen und einen Fleischwolf auf die Knie, die unter der Schürze versteckt waren, nahm mit seinen Handschuhen Fleischhackmaschinen, Schaumlöffel, den Zylinderkopf eines Kompressors, eine Schlachtermaske, ein Ortscheit mit Haken auf und trug alles an den Rand des Waggons, wo es der Gewerbler Bárta in Empfang nahm und sogleich in die bereitgestellten Mulden warf.

Dann standen sie am Zaun, Prinz zog zwei Planken heraus, und sie stiegen in die Einfriedung. Das Mädchen bückte sich, ihr Haar hing herunter, sie gähnte. Er streckte den Arm aus, um dem Mädchen den Vortritt zu lassen, stolperte aber zurück, stieß an die Wand der Unterkunft und sackte zu Boden.

Vor dem Spiegel in der Stube stand der Feuerwehrmann Karel, er bleckte sein schütteres Gebiß, hielt sich das Beil vor den Leib, hatte den Helm auf und beschirmte seine Augen, er trug Stiefel, die ihm in die Waden kniffen, doch seit er sie zum erstenmal angezogen hatte, beherrschte ihn ein unaufhörliches Gefühl der Sicherheit und Entschlossenheit, als hätte er sich das Koppel umgeschnallt.

Erschrocken drehte er sich um, die offene Tür, durch die niemand hereinkam, jagte ihm beinah einen Schreck ein. Die Brigademänner schliefen auf ihren Pritschen, nur Jarda Jezula lag auf dem Rücken und fingerte an einem Strauß Kunstrosen herum, der mit Draht an einem Brett der Pritsche über ihm befestigt war.

Ein besoffener Brigadier mit dreifachen Ringen unter den Augen hockte auf einem umgedrehten Stuhl, spielte mit einem Weinglas und sah zu, wie der Reflex über die Tischplatte huschte. Er sagte:

»Konzentrier dich, du denkst daran, sag's schnell, nun hast du's. Wovor hab ich Angst, Marion?«

Der Feuerwehrmann faßte sich ein Herz, ging bis zur Türschwelle und schrie in den dunklen Flur:

»Spielt nicht mit mir! Paßt ja auf! Fragt den Anstandspauker, der wird euch sagen, was für 'n Hund ich in der Besserungsanstalt gewesen bin!«

In die Stube herein kam Prinz, er wandte sich um und lud mit beiden Händen das Mädchen ein, aus dem Dunkel zu treten. Mit aufgelösten Haaren stürzte das Mädchen weit vorgebeugt herein, sie warf die Jacke weg, der Feuerwehrmann sprang auf einen Stuhl, der Weinreflex hielt auf der Tischplatte inne. Und das Mädchen fiel bäuchlings auf die Pritsche, beide Arme ausgestreckt, ihr Haar zerfloß wie Milch.

»Aber hier ist die Menschheit«, sagte der Gewerbler. »Hier sind die Ideen.«

»Aber Kamerad, die Menschheit, die haben wir im Knast kennengelernt, dort ist die Menschheit jetzt! Nichts als Denunzianten, Spinner, lauter Gesindel, vom Verfolgungswahn besessenes Pack. Dort haben wir doch nichts anderes zu hören gekriegt als: Denen werd ich's zeigen, wenn der Zenkl auf dem weißen Pferd von Cheb kommt«, rief der Doktor der Philosophie, und sein Augenlid senkte sich tiefer und tiefer, »daß Sie ein Idiot sind, das läßt Ihnen die Menschheit durchgehen, aber daß Sie fünf Sprachen können, das verzeiht man Ihnen nie und nimmer, vor allem im Knast nicht. Da war so ein Sauhund, der hat genau wie ich wegen der Politik eingesessen, den Kutscher hat er gespielt und jeden, der kam, ausgefragt, obwohl ihn das einen Scheiß anging. ›Was hast du ausgefressen?‹ hat er gefragt und mir die Peitsche auf den Kopf gelegt. Ich sagte, ›ich schäm mich, das zu sagen‹, und da hat er mich mit der Peitsche geschlagen, also hab ich gesagt: ›Ich hab eine Ziege gefickt.‹ Und das hat er gefressen. ›Was denn, wie denn?‹, und ich hab gesagt: ›Eine Ziege, und erschwerend ist hinzugekommen, daß die Ziege trächtig war und ich sie kaputtgemacht hab.‹ Seitdem hatte ich Ruhe vor dem Dämel, doch ich mußte Obacht geben, einmal hat mir der Kutscher einen Wagen übern Haxen rollen lassen, ein Glück, daß ich mit dem Fuß hinter die Treppenkante gerutscht bin. Wie gern hätte ich ihm doch eine aufs Maul gegeben! So richtig aufs Maul! Aber Verstand, oha! Sie wissen das ja selbst, mit uns zusammen waren doch bloß lauter Lumpenhunde da. Aber der kriegt sowieso noch was von mir, und ob der sich was einfängt, eine Schelle, daß das Haus wackelt!«

So drohte der Doktor und harkte weiter mit der gebogenen Forke rostige Handsägen aus dem Waggon, Schränkeisen, Stichsägen und Fuchsschwänze, Kerbsägen, Rücksägen und Nadelbüchsen, Hämmer, Sätze völlig verrosteter Bohrer, Spindeln und Tastzirkel, Schleifscheiben, angekohlte Zimmermannsbeile.

»Jungs«, sagte Prinz und versuchte, sich die Schuhe auszuziehen, »ich hab für euch 'n Weib aufgerissen.«

»Bist 'n As«, sagte der Feuerwehrmann und stieg vom Stuhl, »ich bin als erster dran.«

»Jarda, willst du auch?« fragte Prinz.

Aber Jarda lächelte selig.

»Aber der doch nicht, hast du das nicht gehört?« sagte der Feuerwehrmann und kniete neben dem schlafenden Mädchen nieder, schlug ihr den Rock hoch. »Unser Jarda hat sich in ein früheres Nuttchen verliebt. Heute hat sie Namenstag, durch die ganze Poldi-Hütte ist er ihr mit dem Strauß nachgerannt... und sie fing auf dem Kran an zu heulen«, erzählte der Feuerwehrmann und riß dem Mädchen mit einem Ruck den Schlüpfer runter und schmiß ihn an die Wand.

Prinz taumelte zum Tisch, machte die Schublade auf, nahm die Schere, ging dann zur Pritsche.

»Die Klamotten runterzukriegen ist eine Sauarbeit«, sagte er und schnitt in den Rock hinein, dann packte er die beiden Zipfel und riß ihn mit einem Ruck entzwei.

»Ist 'ne Schinderei«, sagte Prinz und wankte zum Tisch, dann setzte er sich auf die Pritsche und sagte: »Jarda, he, du warst doch immer so scharf auf die Weiber, willst du nicht auch?«

Er wies auf den Helm, der über dem Kopf des Mädchens lag, auf die Feuerwehruniform, die jetzt den Leib des Mädchens bedeckte, auf das Beil, das rhythmisch auf dem Rücken des Feuerwehrmannes hüpfte.

»Denkst du, deine ist anders?« fragte Prinz.

»Die ist anders«, sagte Jarda und spielte an den Schießbudenrosen herum, »aber sie war auch so eine... wer ist die denn, die da unter Karel liegt? Die Schwester von irgendeinem, schon möglich! Bestimmt aber die Tochter von irgendwem. Vielleicht deine zukünftige Alte. Dein Weib, mit dem du vielleicht Kinder haben wirst.«

»Eine ausgelutschte Pflaume!« schrie Prinz.

»Hier ist aber die Intelligenz, und die wird alles rausreißen«, sagte der Gewerbler.

»Klarer Fall«, meinte der Doktor, »gestern hab ich mir im Salon Jas eine Futpflege verpassen lassen und hab da einen Bildhauer getroffen, einen Kumpel, ja sogar aus meiner Schulklasse, und der sagt zu mir: ›Du, wir haben einen schönen Ausstellungssaal.‹ Und ich sage, na da habt ihr was zum Angeben! Die Feudalen sind dort mit ihren Schindmähren geritten, wo ihr jetzt auf Kunst macht. Habt ihr denn nichts Neues bauen können? Ich hätte die Reithalle gelassen, wo sie war, ab und zu kommt so ein Schwanzlutscher auf die Burg, der soll dann da reiten... oder! Einmal wöchentlich würde ich einen Zettel an die Reithalle hängen: Heute Vögeln umsonst! So hab ich zu meinem Kumpel, zu diesem Bildhauer, gesprochen, und der ist von mir abgerückt. Hör doch auf! Intellektuelle stinken auf zehn Meter nach Scheiße«, sagte der Doktor.

Er hockte sich in die Waggonöffnung, sprang dann herunter. Zu zweit hängten sie die nächste Waggontür aus, und zu zweit schleppten sie einen Dengelamboß zur Mulde, drahtumwickelte Achsen von Ackerwagen, Bolzen und Achsennägel, Biegemaschinen zum Rundschmieden von Wagenreifen, Hufschmiedehämmer und -zangen, einen Kaminschirm, Maurerbohrer, Brustleiern, den Tisch einer tragbaren Schmiedeesse, Polierscheiben für Schleifgeräte, Gewindebohrersätze, Kanonenbohrer, Lochzangen, Meißel und Windeisen, Riemenscheiben, eine Luftpumpe und einen Hebebock, die Reste eines Handlaufkrans.

Zwei Brigademänner wurden wach, sie streckten erst einmal die bloßen Füße aus dem Bett, dann richteten sie sich auf und guckten zu der Pritsche, auf den wippenden Feuerwehrmann hinunter. Seinen Helm umgaben Frauenhaare, strahlend wie ein Heiligenschein, und über sein Kreuz hatten sich zwei weiße Arme gelegt.

»Marion, was liebt der Herr da?« wollte der alte Brigadier wissen und beobachtete unverwandt den über den Tisch huschenden Reflex des Weinglases. Dann setzte er das Glas wie einen i-Punkt auf die Platte, stand auf, wies auf das Mädchen und sagte: »Sie ist verdammenswert.«

»Und diese Massen von Huren in eurer Jugendzeit, he?« fragte Prinz und versuchte immer noch, sich den Schuh auszuziehen.

»Die waren nur bedauernswert«, sagte der alte Brigadier, »denn sie waren irgendwo im Teta und im Ara oder einem anderen Kaufhaus angestellt, hatten wenig Geld, mußten sich was dazuverdienen... aber als sie jung waren, da ging das noch«, er drehte sich um und setzte sich auf die Pritsche, direkt neben den Feuerwehrhelm und die weiße Mädchenhand, »doch wenn wir die armseligen, alten Weiblein sahen, wie sie sich am Bahnhof Těšňov anboten, im Park am Denis-Bahnhof, in dem kleinen Hain beim Invalidenhaus, für 'n Fünfkronenstück, oder Beim František, in den Rayons Bei Kučera und Zur alten Frau... und danach diese Kolonnen verlassener Leute, wenn die zum Schlafen in die Nachtasyle von Kobylisy und zum Krejcárek zogen, zu den Judenöfen, zu den Ziegeleien von Vysočany, meine Schwester hat dann immer geschrien, für diese Menschen muß doch was getan werden! Doch nichts haben wir getan, wir waren reich, guckten auf diese Menschenmassen vom Fenster runter. Und heute? Heute streitet meine Schwester das alles ab.«

»Gut«, sagte der Gewerbler Bárta, »doch hier gibt es Ideale, und die verkündet immer noch der Adel! – Der weiß doch, was es heißt, zur Natur zurückzukehren!«

»Klarer Fall«, sagte der Doktor der Philosophie, »der allein versteht sich drauf, zur Natur zurückzukehren, so ein englischer Lord besäuft sich und schweinigelt genauso gut wie der letzte Knecht, doch eben unter seinesgleichen, im Club. Deshalb gibt es in England so viele Clubs, nach außen ist jeder ein Gentleman...«

»Aber der böhmische Adel?« schrie der Gewerbler.

»Klar. Als kleiner Junge, erinnere ich mich, da hat der Graf Šternberk mal eine Jagd gegeben, und hinterher gab es ein Freßgelage im Grünen. Ach, die Komteß Šternberk, wie alt hat sie wohl sein können? Zweiundzwanzig Lenze und eine Schönheit! Und als das Festmahl im vollen Gange war und der Adel schon besoffen, da legte die Komteß ihr Stiefelchen samt Füßchen auf die Tischdecke, zeigte mit dem Absatz auf einen von den degenerierten Edelmännern, zappelte mit dem Füßchen und furzte wie eine alte Bärin. Und die Barone und die Fürsten wieherten, daß ihnen die Monokel herunterbaumelten, und stöhnten... Oh, sapristi! Comme elle est charmante. Éblouissante! Und warum nicht? Die Komteß befand sich ja auch unter ihresgleichen, ging ja auch zurück zur Natur. Und als sie tags drauf mit der Kutsche zur Kirche fuhr, war sie wieder die vollkommene Komteß mit dem erhobenen Näschen, das mich bis heute am Blick ins Unendliche teilhaben läßt... und ich hab damals vor der Kutsche gekniet, und sie hat mir mit einem Tüchlein zugewinkt...«

Der Doktor redete und packte zusammen mit Bárta Rohrschraubstöcke in die Mulden, Glasschneider, Gefäße mit Lötwasser, Winkeldorne, einen Biegekolben, Lötzinn, dann luden sie wieder zu zweit eiserne Speichenräder aus, Räder mit Stirnverzahnung, Nockenwellen, Tonnenlager, Pleuelstangen und die Wellen einer Konuskupplung...

»Ja, aber was ist da zu tun, was?« fragte der Gewerbler und fuchtelte mit den Händen über dem Kopf.

Karel, der Feuerwehrmann, wälzte sich auf die Seite, verschnaufte einen Moment, stand dann auf. Vor dem

Spiegel richtete er sich den Kragen und rückte den Helm schräg, der wie eine Monstranz blinkte.

»Das Wahre ist das nicht«, sagte er und wies auf die Pritsche, »sie hat kein Leben. Ich hätte ihr die Haare anstecken sollen, wie Stroh hätten sie gebrannt.«

»Und was ist mit den Mädels in den Kaufhäusern, in der Perla, im Weißen Schwan und anderswo..., müssen die sich denn nichts dazuverdienen? Haben die genug?« fragte Prinz, sein Schuh glitt vom Fuß, und er wiegte sich wie ein Schaukelstuhl mit dem Schuh in der Hand, »geh ins Carioca, geh ins Barock..., dort sind Frauen dazu da, um für die Wohnung der Freundin dazuzuverdienen, wissen wir das nicht?«

»Das ist richtig«, sagte der Brigadier mit den dreifachen Augenringen, »aber glaub mir, die Frauen da waren zu bedauern, die aber ist verdammenswert. Wird die morgen hier gefunden, dann hast du, Prinz, wieder die Kripo am Hals, und deine Bewährung ist im Eimer... Aber, Marion, wie ist die Konstellation der Sterne?« fragte der alte Brigadier und ging zurück zum Tisch, schenkte sich von dem billigen Wein ein, nahm einen Schluck und ließ den Reflex spielen, der wie ein rotes Mäuschen über die Tischplatte huschte.

»Was man tun soll?« fragte der Doktor und versank ins Grübeln, er sah zu, wie die vier Geiser immer noch den Hochofen kühlten, wie die Arbeiter hoch oben ein Knie der Kühlrohre abmontierten, der Rohre, die sich um den Hochofen wanden wie Strohseile um eine Pumpe bei Frost und die das Wasser aus dem betonierten kleinen Teich oberhalb des Stahlwerks mittels des Gefälles in das Kühlsystem aller Hochöfen leiteten. Die

Geiser sprudelten, und zwei Arbeiter, die an den Tauen hingen, montierten in deren Flanken ein Rohrknie ab.

»Was schon! Ich glaube an die Menschen, die mit ihrem Schicksal zu hadern verstehen«, sagte der Doktor der Philosophie bitter, »und mehr gibt es für mich nicht, denn die Unwissenheit hat auch mich in den Fängen. Kaum ist ein Philosoph zur Rationalisierung des Weltalls oder seiner selbst vorgedrungen, hat er auch schon die Kurve gekratzt... Laotse: Die Kunst des Nichtkönnens. Sokrates: Ich weiß, daß ich nichts weiß. Erasmus von Rotterdam: Lob der Torheit. Mikuláš Kusánský: Docta ignorantia... und unser zwanzigstes Jahrhundert? Der Aufstand der Massen! Und in der Kunst? Hübsch zurück ins Tertiär.«

So sprach der Doktor und schmiß die Gegenstände, die er aus dem Waggon holte, voll Verachtung in die Begichtungsmulde: Sattlerringzangen, Hämmerchen, Spannzangen, Hippen und Beschneidehobel für Leder, eine Backröhre, einen Ofenkessel zum Wassersieden, Schneideplatten, eine Schornsteinfegersonne, eine Hanfschleiße...

»Ich will damit nichts zu schaffen haben«, sagte der Feuerwehrmann Karel, »außerdem, selbst wenn, ich hab meine Papiere drauf.«

Prinz hielt sich den Kopf, rieb sich die Schläfen.

»Na gut, schmeißen wir sie raus«, sagte er, schüttelte die Schlafende und drehte sie auf den Rücken.

»Fehlt bloß, daß sie uns abkratzt«, setzte der Feuerwehrmann hinzu, bestaunte sich aber im Spiegel, wie gut ihm die Uniform stand.

»Junge Frau, das sind die Nieren«, sagte Prinz und schüttelte noch einmal das schlafende Mädchen.

Die fiel kopfüber von der Pritsche, schlaff, der Rumpf zuerst, ihr schönes Haar fegte zunächst den Fußboden, dann rutschten ihre nackten Beine wie zwei weiße Fische herunter.

»Also reden wir wenigstens über die Huren!« rief der Gewerbler verzweifelt.

»Klare Sache«, sagte der Doktor und hob den Handschuh, »wenn's bloß welche gäbe. Gehen Sie, Kamerad, in welches Lokal Sie wollen, Sie kriegen das Heulen. Sie müssen Spülwasser mit irgendeiner Trulla trinken, die Soll und Haben verwechselt, die nicht Klavier spielen kann, die keine Ahnung hat von Konversation und animierter Unterhaltung. Aber im alten Österreich? Huren wie die bei Goldšmíd, das waren Damen! Ich hatte mal mit einer ein Rendezvous im Baumgarten, im Café Rosenstrauch, und sie kam in der Kutsche, wie eine Komteß. Oder die Huren im Napoleon oder, Herrgott noch mal, bei Šuh! Für drei Gulden, und alle vom Kreisphysikus untersucht, kein Alkohol, bloß drei Gulden, und die Schwanzmutter sagte: ›Adieu auch, junger Herr, und schauen Sie nur ein zweites und nächstes Mal herein.‹ Doch das war im alten Österreich. Freilich, nach dem Krieg hieß es, die Prostitution ist einer Frau unwürdig. Das alles kam von dieser Nutte Plamínková und von dieser Alice, vor allem von der. Die ist von keinem Major gefickt worden, weder schlecht noch überhaupt, also soll die ganze Welt nicht fikken. Und von da an: Menschheitsdämmerung... mein Gott«, der Doktor der Philosophie erhob sich und guckte zu, wie die kleine Lok herbeirollte, um die beladenen Mulden abzuholen, sah zu, wie die Wasserfontänen, die gegen den Hochofen sprudelten, herabsanken, und fuhr fort, »eine Hure von Šuh, mein Gott, wenn so eine die Ferdinandka runterkam, war das eine Pracht, ein leibhaftiges Spiel der Natur, stattlich, ausgeruht, das reine Urweib, ein jeder mußte sich nach ihr umdrehen, und was an den Männern männlich war, das stellte sich auf wie eine Luftpumpe... der absolute Weltgeist war so ein Weib, um mal mit Hegel zu sprechen...«

»Vilda, ich bin Medizinstudentin gewesen...«, begann sie zu plappern.

»Eine ausgelutschte Pflaume bist du«, sagte Prinz und machte das Fenster auf.

Am Firmament flimmerten die Sterne, der Himmel hatte bereits die Wende erreicht, da die Nacht erkennbar zu Ende geht, der Morgen aber noch nicht angebrochen ist.

»Und jetzt aber ein bißchen plötzlich raus mit dir!« Prinz zeigte auf das Fenster der Unterkunft.

»Redakteurin eines Informationsdienstes, Bohoušek«, sagte das Mädchen, den Kopf unterm Haar versteckt.

Prinz hob sie hoch, fiel aber hin, und als er seine Streichhölzer fand, nahm er ein Bündel davon heraus und hielt sie an die Reibfläche.

»Wenn du nicht gehst, steck ich dir die Haare an«, sagte er.

Sie richtete sich auf, rappelte sich mühsam hoch, hielt sich mit den Händen am Bettgestell fest und ging zum Fenster und wies naiv mit dem Finger drauf: »Da?«

»Da«, befahl Prinz und verharrte ein Weilchen auf allen vieren, dann erhob er sich.

»Vierzehn Monate Gefängnis, Pankrác«, sagte das Mädchen und schwang ein Bein hinaus in die kühle Luft, beugte sich ins Zimmer zurück und setzte hinzu: »Gestern sollte ich die Strafe antreten.«

Prinz ging zum Fenster und stieß das Mädchen mit dem Ellbogen hinaus. Ein seltsamer Sturz war das, als wäre sie von der Achse des Fensterbretts durchbohrt, drehte sie sich wie auf einem Bratspieß um sich selbst, mit Kopf und Rumpf, während sich ihre Beine gleich zwei weißen Hermelinen in die Luft erhoben..., und als der Rumpf den aufgelösten Haaren folgte, da glitten auch ihre Beine in die Tiefe, wie eine Springerin von einem hohen Turm ins Wasser eintaucht... und zurück blieb nur der Fensterrahmen mit den prallen Flimmersternen.

»Das wird wieder«, sagte der Gewerbler Bárta voll Hoffnung, »sobald wir alles zurückkriegen.«

»Einen Dreck werden Sie kriegen, sehen Sie das immer noch nicht?« rief der Doktor der Philosophie und zeigte mit der Hand auf das davonfahrende Bähnlein, das die vollen Mulden zu den Martinsöfen schleppte. »Begreifen Sie denn nicht, daß Sie Ihren ganzen Gewerbekram selber in die Martinsöfen packen, wo Brammen für eine andere Epoche gegossen werden? Wo werden sie in einem Jahr sein, alle Ihre Gewerbe und Scheißfirmen und Werkzeuge? Weg. Und was wird aus Ihnen? Das gleiche wie aus Ihren Ausdrucksmitteln... zu Brammen werden sie, auch Sie wird die Zeit einschmelzen, denn das sind keine Windpocken, das ist eine Epoche. Und ich? Ich warte am besten ab, bis die Rentiers in Paris die

Straßen fegen und die Kommunisten ihnen in den Arsch treten, ich warte wohl ab, bis in Amerika die Neger die Milliardärstöchterchen ficken! Nur schade, daß ich nicht mehr dabeisein kann bei der Fickerei, denn ich inseriere schon das Haus, in dem ich nicht mehr wohnen will. Adjö, du alte Welt!«

Prinz hob den Schlüpfer auf und warf ihn zum Fenster raus, das Wäschestück breitete sogleich die Flügel aus wie eine malvenfarbene Fledermaus, ihm nach warf Prinz dann die Jacke, den zerrissenen Rock...

»Als ich ein kleines Mädchen war, hatte ich ein Pony...«, rief das Mädchen.

Der Feuerwehrmann Karel rückte sich ein weiteres Mal den Helm geckenhaft schief, machte das Spind mit dem Spiegel zu, hängte das Vorhängeschloß ein, prüfte mehrmals, ob abgeschlossen war, dann drehte er sich um, eine Hand auf der Türklinke.

»Ich bin mal ein Hund gewesen, das kann der Direktor der Besserungsanstalt allen sagen, aber du, Prinz, du bist der Hund aller Hunde.«

Prinz nahm eine abgegriffene Peitsche aus der Ecke, schlug in die Luft.

Dann hob er das Täschchen auf, das aus der Mädchenjacke gefallen war. Er machte es auf und fand einen zusammengefalteten Brief. Im Nu war er nüchtern.

»Das ist Tatsache«, sagte Prinz, »Karel, geh zur Kripo und sag, daß ich und du und der Jarda hier, daß wir melden, wir hätten ein Mädel hier, die hätte schon gestern in Pankrác ihre Strafe antreten gemußt. Sag, wir hätten alle Bewährung und melden es deshalb. Wir müssen uns absichern, das wird jeder zugeben.«

Der Feuerwehrmann ging zum Dienst, geschwellt vom Stolz, den ihm die knappen Stiefel, das festgezurrte Koppel und der in die Stirn gezogene Helm eingaben.

Der Doktor winkte dem abzuckelnden Bähnlein nach und sah die anderen Arbeiter vom Schrottplatz zu dem Häuschen hinübergehen, da sie sich selbst errichtet hatten, zu ihrem aus den Reklameschildern kassierter Gewerbebetriebe gebauten Häuschen. »Sehr rasch in sein Verderben rennt der Mann, der Avion nicht kennt. Ego-Schokolade, ein herrlicher Genuß. Hast Fafejts Primeros du zur Hand, kommst du durch das ganze Land. Altgold, Brillanten zu Höchstpreisen kauft... Ein Famírová-Büstenhalter das Geheimnis Ihrer Formen wahrt. Hellseherin Křižová – die einzige mit Kristallkugel. Billig und gut auf alle Fälle, so ist Kosteks Wasserwelle. Das Herz jeder Frau schlägt höher im Schlafrock aus Seide, wattiert, zweifach gefüttert, Eusner, Jindřišská-Straße 20. Massagen, Nekázanka 8, geschulte Kräfte, Eleganz, Hygiene. Nicht abreißen, abpflücken, nicht zertreten, das Blümchen empfindet genau wie du. Das sensationelle Mittel für den impotenten Mann: Potenciál! Ob aus der Hand oder aus Karten – Karma weissagt Ihnen Ihr ganzes Leben!«

Und am Schrottplatz des Stahlwerks vorbei rasselt die Feuerspritze mit voller Bemannung, die nassen Feuerwehrmänner hocken auf den Sitzen, einige auf den Trittbrettern, die schwarzen, vom Wasser blanken Kappen auf dem Kopf, der Feuerwehrmann mit dem Fletschgebiß hat wieder den Schuh auf den Kotflügel gestemmt, er hält sich mit einer Hand fest, salutiert mit der anderen, blickt feierlich in die Runde und nimmt den Dank entgegen, den ihm keiner gespendet hat, teilt aber allen auf dem Schrottplatz die Neuigkeiten mit: »Wißt ihr, was in dem Rohrknie gesteckt hat? Ein gargekochter kleiner Junge! Gebadet haben sie, die Knirpse, da oben im Teich, und das Wasser hat das Bübchen angesaugt und durch die Kühlwasserleitung gejagt! Erst haben sie uns Zuschläge versprochen, und jetzt machen sie Sperenzchen! Unerhört, was? Eine Krone mehr pro Stunde haben sie uns zugesagt und nicht gegeben.«

Der Doktor der Philosophie zog den Kopf ein und trat in das niedrige Häuschen, das aus den Reklamen und Slogans und Aufschriften der kassierten Firmen zusammengesetzt war, und setzte sich zu den anderen Arbeitern, lauter ehemaligen Gewerbeleuten, Handwerkern und grüßte: »Ahoj, ihr Brammen!«

Ein ehemaliger Müller, ein ehemaliger Tischlereibesitzer, ein ehemaliger Fleischer und ehemaliger Schlosser knufften sich in die Rippen, blinzelten sich zu, und der Müller sagte:

»Opa, kommen sie hierher zu uns, und erzählen Sie uns ein paar Sauereien.«

Im selben Augenblick wurde die Schlacke über der Halde abgekippt, der Himmel loderte auf, ein rosiges Licht, fern am Ende ragte die fahle Stadt mit ihrer frühmorgendlichen Stimmung, mit den grünen Dächern und dem entbeinten schiefergedeckten Kirchturm. Die Schornsteine der Martinsöfen zielten auf die Stadt, und dem mittleren Schornstein entstieg ein zartes blaues Flämmchen mit bernsteinfarbenem, faserigem Saum.

Dann blieb auf der Haldenböschung nur noch die klaffende Narbe der glühenden Schlacke, das Geschlechtsteil dieser Landschaft.

Und die Sterne erloschen, die kleinen waren bereits verschwunden, nur ein paar große, dahinsiechende Sterne flackerten am Himmel.

»Laßt mich leeben, laßt mich leeeben«, flüsterte die Stimme unterm Fenster.

Der Verrat der Spiegel

Es war ein sehr heißer Sommer in diesem Jahr. Mit Schüssen, die von der Wand und vom Maschendraht der Kellerfenster abprallten, flankten die Buben den Ball direkt in die lange Gasse. Die Hausmeisterin vertraute Herrn Mít'ánek an, der Herr Valerián müsse sich neuerdings auf die Schauspielerei verlegt haben oder aufs Tanzen, vielleicht sei er auch schon übergeschnappt, denn er hüpfe unten im Keller mit einem anderen Mann herum, hin und her, vor und zurück, vom frühen Morgen an söffen sie Wermut aus der Flasche und schrien sich an: »Vorwärts immer! Rückwärts nimmer!« Und vor einem Monat habe der Herr Valerián sich einen Zuber voll Töpferlehm bringen lassen und vorgestern eine Maurermulde, und sie, die Hausmeisterin, habe ihn halbnackt im Keller rumlaufen sehen, mit nichts als einem Hundefell über der Brust, einem Bettvorleger, und der andere Kerl da wäre genauso rumgelaufen, mit dem Vorleger auf dem bloßen Leib. Und jeden Tag kämen zwei Frauenzimmer dazu, beide einen Hut mit Kirschen auf dem Kopf. Und mit Beilen wären die zwei Kerle in den Hundefellen aufeinander losgegangen, mit ebensolchen Steinbeilen, wie sie der Robinson Crusoe gehabt hat.

Herr Mít'ánek nahm die Armbinde des Polizeihelfers ab, in seiner Freizeit lauerte er nämlich Bürgern auf, die von der Straßenbahn abspringen, und brummte ihnen Strafen auf. Es war ein sehr heißer Sommer.

»Ich seh mir das mal an«, sagte Herr Mít'ánek.

Und er klopfte an die Kellertür.

Auf einem kleinen Gerüst an der Mauer der Dreifaltigkeitskirche stand ein Maurer und reparierte die Figur des heiligen Thaddäus, dem die Witterung ein Knie und ein Auge ausgefressen hatte. Am Pfarrhaus entfernte der Küster die verrosteten Schrauben der Danksagungsschildchen, welche die ganze Wand bedeckten.

»Himmel Kruzitürken, da schlag doch der Donner in diesen ganzen Kult!« schimpfte der Küster.

»Das ist Dunkelmännertum«, pflichtete der Maurer bei und entnahm seiner Aktentasche ein Knie und ein Auge aus Sandstein.

»Beinah hätt ich mir den Nagel abgerissen.« Der Küster schüttelte sein Händchen.

»Gelten denn in eurem Himmel auch Titel?« fragte der Maurer und zeigte auf das Schildchen in seiner Hand: Du heiliger Judas Thaddäus, wir danken dir für deinen Beistand im Sturm. Ing. K. H. und Dr. J. K. »Einschreiben in Email und Eilsendungen in Blech«, der Maurer lächelte, »wer stellt das da oben zu?«

»Himmel Kruzitürken«, schimpfte der Küster, »das sind insgesamt zweihundertzehn Tafeln, jede Tafel hat vier Schrauben, also alles in allem achthundertvierzig Schrauben, und die soll ich mit diesen Händen rausschrauben, da schlag doch der Donner drein.«

»Das braucht ein bißchen gesunden Verstand«, sagte der Maurer und paßte der edlen Sandsteinfigur das Auge ein.

»Das ist aber nicht alles«, schnaubte der Küster, »kaum hab ich das alles rausgeschraubt, dann muß ich die

Emailbriefchen wieder in der Kirche drin anschrauben, diesmal auf der andern Seite. Mit den Flederwischen hier!« Er zeigte seine Händchen. »Und wieder achthundertvierzig Schrauben. Und vorher muß ich noch achthundertvierzig Löcher stemmen und achthundertvierzig Dübel einschlagen! Hier sind die Wände wie aus Beton, Himmel, muß die Kirche denn alles für die Ewigkeit machen?«

»Treten Sie näher«, winkte eine Knochenhand, »ich bin das Tantchen des Künstlers.«

»Und ich bin Helfer der Polizei«, sagte Herr Mít'ánek und verbeugte sich. Er trat in das Kelleratelier, wo der Ofen loderte und wo der Künstler, Herr Valerián, Kalk in einer Mulde rührte und das Tantchen im schwarzen Kleid mit dem Feuerhaken im Ofen stocherte. Dann legte sie Ruß vom riesigen Haufen in der Ecke nach.

»Vorwärts immer! Rückwärts nimmer!« rief Herr Valerián und erbrach sich ein bißchen in die Mulde.

»Das hör ich gern!« sagte Herr Mít'ánek und lachte, als er sah, daß im Spiegel noch ein weiterer Herr Valerián in der Mulde rührte.

»Valerián, weißt du was? Ich mach dir die Grützwurst warm«, sagte das Tantchen.

»Um Gottes Barmherzigkeit willen, Tante! Ich schaffe heute!« sagte Herr Valerián und nahm einen Schluck Wermut.

»Wir alle schaffen, deshalb sind wir eine Familie«, setzte Herr Mít'ánek hinzu, »aber ich staune«, er faltete die Hände und stellte sich in Lebensgröße vor das Bild, »ist das eine schöne Arbeit. Das wird der Nation Freude machen!«

»Nicht wahr?« sagte das Tantchen und hob die Grützwurst am Speil hoch. »Aber sehen Sie sich nur den Künstler an, wie er sich für die Nation verwüstet hat. Er ißt nicht, trinkt nur, und von der Feuchtigkeit, sehen Sie, wie er Löckchen an den Beinen kriegt?«

»Tante«, brüllte Herr Valerián, »reg mich nicht auf, um Gottes willen, reg mich nicht auf, sonst...«, er spie in die Mulde und mischte weiter, »aber vorwärts immer! Rückwärts nimmer!«

Der Küster stemmte sich von neuem gegen den Schraubenzieher, er stand auf einer wackligen Leiter, und vor der Kirche bremste ein Lastauto, bog dann in den Hof der Sammelstelle ein, und der Maurer auf seinem kleinen Gerüst sah, was das Auto geladen hatte und jetzt in das Alteisenfach kippte: Hunderte von roten Schildern mit weißen Aufschriften, alles Namen von Plätzen und Gassen und Parks, die den Namen des Generals trugen. Und als es wieder weg war, fuhr ein Auto von Masna, dem Fleischereigroßbetrieb, auf den Hof, und auf den Berg Altpapier fielen gleich blutgetränkte Schachteln und Papierfetzen voller Sehnen- und Hautreste.

Der Maurer legte die Hand mit dem Sandsteinauge an das edle Lid der Statue und sah, daß seine Finger zitterten. Dann blickte er nach oben, und soweit sein Blick reichte, ragte das Röhrengestänge in die Höhe, das den ganzen Dom der katholischen Kirche, den Dom der heiligen Dreifaltigkeit, einrüstete, damit Arbeiterhände die Kirche in großartige, tosende Pracht versetzen konnten.

»Für 'n ordentlichen Genossen ist es heutzutage nicht leicht, auf der Welt zu sein«, sagte der Maurer.

»Das hör ich gern, eine Kampflosung«, sagte Herr Mít'ánek, »ist das aber eine Überraschung! Was hat das zu bedeuten?«

»Das ist die Jirásek-Aktion«, sagte Tantchen und tat die Grützwurst in die Pfanne, »und als Motiv haben wir aus den alten böhmischen Sagen das ausgewählt, wo Durynk sich an der Erle erhängt, weil er den Knecht ermordet hat... aber das da wird eine Überraschung geben!« Tantchen wackelte mit dem Finger und pochte dann auf eine Form, die auf einer Töpferscheibe stand. »Da drin ist die Statue eines Saazer Kriegers.«

»Donnerschlag!« In Herrn Mít'áneks Augen blitzte es auf. »Da arbeitet ihr Leutchen hier im Keller ja zur Erbauung der Nation?«

Und Herr Mít'ánek blickte Durynk, an dem eine Schlinge hing, in die Augen, dann sah er Herrn Valerián an, über dem die gleiche Schlinge von der Decke herabhing, er schaute auch auf Herrn Valeriáns Habit, und ein Licht ging ihm auf.

»Dann haben Sie sich selbst Modell gestanden?« Herr Mít'ánek schlug die Hände zusammen.

Herr Valerián übergab sich in die Mörtelmulde.

»Ob ich ihm wohl ein Ei quirlen sollte?« fragte das Tantchen. »Schauen Sie nur, wie er sich auf dem Altar der Kunst opfert. Dieses Hinterchen. Wie wenn eine Oma die Hände faltet, wie zwei zusammengeklebte Kümmelkörnchen.«

»Kusch, Tante, kusch!« heulte Herr Valerián auf, und die Tränen rannen ihm über die Wangen.

Und draußen auf dem Gehsteig ging eine Männerhose vorbei, dann folgte eine Badehose, danach erschien ein ganzer Hund, und herbei stürzten die Jungs, sie traten den Ball zuerst einmal gegen den Maschendraht, dribbelten ihn durch den Modder und hielten sich dann mit den Fingerchen am Draht fest.

Herr Mít'ánek rannte auf die Straße hinaus und schrie:

»Ihr Rotznasen ihr! Da schafft der Meister für eure Zukunft, und was tut ihr? Stören tut ihr ihn. Daß euch der Durynk hol! Der Saazer Krieger!«

Doch die Jungs gaben einen dröhnenden Schuß auf das Kellerfenster ab, daß das Maschengitter erzitterte, und dann drosch einer mit einem Volley den nassen Ball Herrn Mít'ánek ins Gesicht, worauf dieser die Hände hob und nach der Tür tastete, aus der das Tantchen gelaufen kam, um den Helfer der Polizei ins Atelier hinabzuführen.

»Aus denen werden die reinsten Rowdys«, sagte Herr Mít'ánek und schneuzte sich.

»Aber was wird aus Valerián?« Das Tantchen wies mit beiden Händen auf den Künstler. »Schauen Sie nur, wie ihn die Kunst zugrunde gerichtet hat. Bestimmt zehn Zentimeter ist er kleiner geworden, wie ein Hockerskelett ist er von der Kunst zusammengeschrumpft. Ich passe nämlich nachts im Nationalmuseum auf die Affen und Paviane auf, auf die Hockergräber und Skelette und so.«

»Für die Nation«, sagte Herr Mít'ánek und zwinkerte sich den Sand aus den Augen, »opfern sich die besten Kräfte. Ich auch. Ich erziehe das Volk dazu, nicht von der Straßenbahn abzuspringen.«

»Ja«, sagte der Künstler Herr Valerián und watete in den

Haufen Ruß hinein und übergab sich und schrie mit zitternder Hand, »doch vorwärts immer! Rückwärts nimmer! Das gestellte Ziel«, wieder übergab er sich und fuhr dann unter Tränen fort, »verringert die Müdigkeit.«

Und aus der Lazarská-Gasse kam eine alte Frau mit Baskenmütze, sie hielt ein Päckchen in der Hand, durchquerte das Rohrgestänge, übersah die Karre, die dort stand, stieg über die Sprossen auf die Karre, die das Übergewicht bekam, lief weiter und fiel aufs Knie, stand aber auf und sah immer nur dem heiligen Thaddäus ins Gesicht, dem der Maurer auf dem Schoß saß und ein Auge einpaßte. Und die alte Frau faltete die Hände und betete, und eine Locke ihres grauen Haars stand unter der Baskenmütze ab, und sie blickte zum Gesicht des Heiligen auf, der Maurer rückte das Sandsteinauge hin und her, bis es paßgerecht zur Braue stand, doch die Alte war durch ihr Gebet fest mit dem himmlischen Überbau verbunden.

Ein Lastauto, beladen mit Statuen und Büsten und Reliefs, erschien erst vor der Kirche, dann vor der Sammelstelle, aus dem Tor kam der Leiter der Sammelstelle gelaufen und schrie:

»Wohin wollt ihr? Ab damit in die Schmelze!«

Und er sprang aufs Auto und nahm Kreide und schrieb Zahlen auf jedes Haupt, und als sämtliche Generalshäupter beziffert waren, ging er mit einer Flanke ab und lachte.

»Damit ihr's mir nicht wieder als Buntmetall verkauft!«

Das Lastauto fuhr ab.

Herr Valerián schöpfte mit einer Maurerkelle die weiße

Flüssigkeit aus der Mulde und füllte sie in die Öffnung im Kopf des Saazer Kriegers. Das Tantchen griff Valerián besorgt ins Haar und erschrak:

»Sehen Sie? Die Härchen fallen ihm aus, und wie!«

»Tante, um Gottes willen, nerv mich nicht«, schrie der Künstler, »vorwärts immer! Rückwärts nimmer!«

Doch der Saazer Krieger platzte im Schritt auf, und ein weißer, wie eine Hutfeder gebogener Strahl aus Gipsmilch pladderte auf den Zementfußboden.

»Tante«, brüllte Herr Valerián, »steck dem Krieger sofort die Pfoten zwischen die Beine!«

»Ich bin Kirchgängerin«, sagte sie.

»Kusch! Dein letztes Geld hast du mir für den Gips gegeben. Schnell, oder der Krieger läuft uns aus!«

Und das Tantchen wischte sich die Finger am Rock ab und streckte dann die Hand aus und verstopfte das Loch im Schritt des Kriegers.

Herr Mít'ánek guckte in den Spiegel und staunte. Alles, was es hier im Keller gab, war noch ein zweites Mal vorhanden.

»Schnell, dem Krieger ist der Rücken aufgeplatzt!« schrie Herr Valerián und bückte sich immer wieder und tauchte die Maurerkelle in den flüssigen Gips.

Herr Mít'ánek legte die Hände auf den Rücken des Kriegers und spürte, wie er mit seinen Händen die Platzwunden heilte.

»Für 'n ordentlichen Genossen ist es heutzutage nicht leicht, auf der Welt zu sein« sagte der Maurer und ließ sich neben der Mörtelmulde auf dem Gerüst nieder, seine Schuhe baumelten dicht neben dem Kopf der alten Frau, doch die betete weiter. Ein Schuh hing der jetzt über ihrem Kopf, und der Schnürsenkel berührte leicht die blaue Baskenmütze, doch die Alte war immer noch wie mit einer Klammernadel an die Hierarchie des Himmels geheftet.

Die Spiegel im Kelleratelier reichten vom Zementfußboden bis zur Decke, und Herr Mít'ánek begriff, warum die Hausmeisterin ihm die verworrene Mitteilung machte, daß sich immer zwei Männer im Keller befunden hatten, obwohl sie nie zwei habe herauskommen sehen, daß stets nur einer fortgegangen war. Und was Herr Mít'ánek in der Ecke sah, war nicht etwa eine mechanische Wäschemangel, sondern eine riesige Handpresse, die Walzen fast zwei Meter lang, alles in Kloben und Balken aus Eiche gefaßt.

»Das ist ein Trumm, was?« sagte das Tantchen. »Aber an Aufträgen haben wir wie zum Tort nur Kleinkram gekriegt. Valerián ist über den Neujahrswünschen kaputtgegangen. Einmal bekam er eine Bestellung, da sollte auf einer Neujahrskarte das Foto eines sieben Monate alten Knäbleins drauf sein, und das Knäblein sollte auf einem Pferd sitzen und ein Blatt Papier mit der Aufschrift in der Hand halten: Frohe Weihnachten wünscht die Familie Kocourek. Drei Kisten Wermut hat er leergetrunken, bis er damit fertig war, jede halbe Stunde schmiß er alles weg, doch als uns klar wurde, daß wir zweitausend Kronen zu kriegen hatten, da hab ich das Foto von dem sieben Monate alten Knäblein und dem Pferd wieder aus dem Ruß rausgefischt, und Valerián hat sich die Uhrmacherlupe aufgesetzt und das Kind und das Pferd durchgepaust, denn die Ähnlichkeit mußte ja gewahrt sein...«

»Und was sind das für winzige Marken da an der Wand, oder sind das vielleicht Etiketten für Zündholzschachteln?« wollte Herr Mít'ánek wissen.

»Aber nein«, sagte das Tantchen, »das waren wiederum Stiche von Schmetterlingen und kleinen Käferchen, die wir in Auftrag hatten. Die Maschine wird mit einem Elektromotor betrieben, einen Mordskrach macht das, elf Zentner ist das Ding schwer! Und wie herzig ist es dann, wenn hinten, auf der anderen Seite, das winzige Bild eines Käferchens aus den Walzen kommt, so wie Sie gesagt haben, nicht größer als das Etikett von einer Zigarettenschachtel.«

»Kusch, Tante!« brüllte Valerián und füllte ununterbrochen mit der Mörtelkelle Gips nach.

»Die Grützwurst brennt an«, sagte das Tantchen.

»Tante, nicht einen Schritt!« brüllte Herr Valerián, doch nun platzte die Form am Hals. Rasch füllte er die letzte Kelle ein und packte den Krieger mit beiden Händen an der Kehle.

Dann fuhr vor der Kirche ein Lastauto mit gepolsterter Ladefläche vor, und darauf lag, in seidene Kissen und Decken gehüllt, ein goldenes Kreuz, und sogleich senkte sich die Strippe eines Krans herab, und zwei Arbeiter eilten herbei und legten die Schlinge der Strippe mit einem Federbett aus, und dann hoben Angestellte der Safina, des Nationalbetriebes, der die Vergoldung besorgt hatte, das Kreuz vorsichtig wie einen kranken Menschen unter den Armen auf, und nun rannte ein Arbeiter auf den anderen Gehsteig hinüber und machte dem Kranführer Zeichen, und schon hing das Kreuz einen Meter neben dem Maurer, der sich steif machte und zurückwich und dem heiligen Thaddäus auf den Schoß fiel. Er faßte ihn um den Hals und schaute entsetzt auf das goldene Kreuz, blickte in den Hof der Sammelstelle hinunter, auf die Tausende unaufgeschnittener Bücher, auf das Alteisenfach mit den Schildern all der Plätze und Gassen und Parks von Prag, und hauchte leise:

»Die Scheißerei kann einem ankommen von so was.«

Den Ball dribbelnd, näherten sich die Jungs dem Fenster.

»Martinchen, Martinchen!« rief Herr Valerián. »Komm mal runter!«

Ein Junge ließ sich aufs Knie nieder und beugte sich zum Kellerfenster herab.

»Was gibt's, Herr Valerián?« keuchte er.

»Martinchen, ich hätt so schrecklich gern eine geraucht, komm runter, in der Ecke dort sind die Zigaretten, nimm eine und steck sie mir in den Mund, du siehst doch, ich kann mich nicht rühren«, sagte Herr Valerián und machte eine Bewegung mit dem Kinn.

Die Tür ging auf, und in den Keller herab stürmten zwei heruntergerutschte Strümpfe und ein erhitzter Junge.

»Drüben auf dem Tisch ... da sind sie nicht? Dann hab ich sie wahrscheinlich in der Hosentasche«, sagte Herr Valerián und wies mit dem Kinn auf seine Hose.

Der Junge trat unter die brennende Glühbirne und schob die Hand in des Künstlers Tasche.

»Martinchen!« gellte im selben Augenblick eine Frauenstimme, und im Fenster kauerte Frau Karásková und blickte mit irren Augen auf die Hand ihres Söhnchens

herunter, das nach den Streichhölzern in Herrn Valeriáns Hosentasche suchte.

»Weiß Gott«, sagte der Küster, »ich würde die Kirche
hier am liebsten in die Luft jagen.« Er nahm das erste
Schildchen ab, legte es in einen Wäschekorb und schüttelte dann die Hände, damit seine Fingerchen wieder
durchbluteten. »Da schlag doch der Donner in diesen
ganzen Kult.«

Den Maurer aber wunderte schon gar nichts mehr, als
wieder ein Lastauto kam und in den Hof der Sammelstelle einbog, guckte er zu und wunderte sich nicht, daß
man körbeweise Briefe auf den Haufen Altpapier
kippte, auf die blutverschmierten Papierblätter und
Schachteln aus den Masna-Läden, er wunderte sich
nicht, als er hörte, daß es ganze sieben Zentner seien,
alles Briefchen, die von den Prager Kindern zu dem
Rundfunkwettbewerb »Wie unterstützen wir unsere
Heimat?« eingesandt worden waren. Und nun betrat
die alte Frau mit der Baskenmütze den Hof der Sammelstelle, legte ein Päckchen auf die Waage, der Chef wog
das Päckchen ab und schmiß es mitten auf den Haufen
und sagte:

»So, das macht fünf Kilo, da haben Sie eine Krone.«

»Eine Krone«, fing die Alte an zu jammern, »das waren
doch die Briefe, die mir meine Liebhaber geschrieben
haben!«

»Aber Frau, hier ist keine Auktion, egal, ob Sie Briefe
herbringen, die Ihnen der Valentino geschrieben hat,
das bleibt sich gleich, das Kilo zwanzig Heller, fünf Kilo
also eine Krone, ajne Krohne!« schrie der Chef, doch
die Alte stand schon bis zur Hüfte in dem Haufen und

wühlte sich wie ein Schneepflug durch die Makulatur, durch das Altpapier, und winselte vor Schmerz und suchte, ihre Hände waren blutig von dem Fleischpapier, doch sie ließ nicht locker, bis sie mit ihrem Päckchen ins Freie watete, es aufschnürte und vorzeigte:

»Hier bitte, das sind die Briefe, die hat mir ein Obrist von den Ulanen geschrieben, der hier hat um meinetwillen die Kasse unterschlagen und ist in Spandau geendet, hier…«

»Aber Frau, hier ist eine Sammelstelle, und behext haben Sie mich! Da haben Sie fünf Kronen von mir, aber gehen sie weg!« schrie der Leiter und rannte fort und trat mit dem Fuß in die Luft und rieb sich den Schenkel.

»Die Spiegel lügen nicht«, rief Herr Mít'ánek.

»Egal, ob sie lügen oder nicht, aber Ihnen reicht wohl noch nicht der Film: ›Es geschah am hellichten Tag‹?« kreischte die Mutter und rüttelte am Maschendraht und spreizte voll Unschuld die Beine, während sie in die Hocke ging, um besser in den Keller zu sehen, aus dem Martinchen, ihr Sohn, herauskam.

»Ich bin Helfer der Polizei«, sagte Herr Mít'ánek, »machen Sie, Frau Karásková, keinen öffentlichen Aufruhr.«

Aber Frau Karásková verprügelte ihr Kind, und das Geheul entfernte sich. Die Jungs schossen wieder den Ball an das vergitterte Fenster und flankten ihn in die lange Gasse.

»Scheint es Ihnen nicht auch«, sagte die Tante, »daß Valerián von der Kunst abstehende Ohren kriegt? Sie sind so dünn wie Papier, als sollte er sterben… Sogar seine Nase ist so blau und durchsichtig…«

»Tante, Herrgott«, schrie Herr Valerián, »dich erwürge ich noch mal, so«, rief er und demonstrierte sein Vorhaben an der Form des slawischen Kriegers.

»Ich könnte Sie im Nationalausschuß für einen Urlaub vorschlagen. Da bin ich eine große Nummer«, sagte Herr Mít'ánek und lachte, als ihm einfiel, daß vielleicht auch sein Name zur Sprache käme, wenn man über diesen Künstler in dem Keller der Sackgasse schrieb.

»Ich möchte nur, daß Sie mir...«, sagte Herr Valerián und kotzte sich über die Schulter, »daß Sie mir helfen, dieses Bild wegzutragen...«

Wie ein gebrochener Strauch verließ die Alte den Hof, sie hielt die Briefe in den Händen, ging zum Thaddäus hinüber und hob die Photographien hoch und zeigte sie dem Heiligen, und es machte ihr nicht das geringste aus, daß sie die Bilder dem Maurer zeigte, der jetzt neben seiner Mörtelmulde saß.

»Mein Schatz, mein lieber Thaddäus, siehst du? Das hier bin ich gewesen, die Tänzerin Cléo, und das ist ein Photo aus Leipzig, da sind uns die Tiger ausgebrochen, ich hab mit ihnen im Käfig getanzt, ausgebrochen sind sie und haben eine Gruppe auf dem Denkmal gebildet, alle acht, und hier, da sind sie der Straßenbahn nachgelaufen, und die Leute sind in Ohnmacht gefallen, doch die Tiger haben sich als Gruppe aufgestellt, weil sie dachten, das wäre eine Programmnummer, und hier hat man sie mit Wasser bespritzt, und die Tiger sind durch das Wasser gesprungen, weil sie gedacht haben, das wäre ein Auftritt, deshalb hat man sie erschießen müssen, das hier sind die Photos, wo sich die Polizei mit den toten Tigern hat knipsen lassen, und da ist das Photo, wo die Dompteuse kam, die sich dann selber totgeschossen hat, als sie sah, daß ihre Lieblinge totgeschossen waren... Mein Schatz, mein lieber Thaddäus, erkennst du, daß die Tänzerin Cléo in mir verschachtelt ist?«

Der Künstler Herr Valerián und der Helfer der Polizei Mít'ánek standen vor einem riesengroßen Tor, das mit goldenen Lilien und einem schmiedeeisernen Portal geschmückt war. Der schmale, mit goldgelbem Sand bestreute Pfad machte unter den Ulmen eine Biegung, und am Ende dieses Paradiesgartens thronte der Palast. Sie folgten dem Pfad und sahen vor dem Palast einen Stuhl stehen, drauf saß rittlings der Pförtner und schaute unverwandt auf den roten Teppich, den der Palast wie eine riesige Zunge herausstreckte. Und den Teppich herab kam ein Mensch gegangen, der die Arme ausgestreckt hatte und bleich war und würgte. Da erhob sich der Pförtner, holte rasch einen Eimer unter einem Buchsbaum hervor, hielt ihn dem Mann vor den Mund, hängte ihm dann den Henkel über den Kopf, und putzte dem Mann, während der sich übergab, mit einem Lappen die Brust ab. Als der Mann sich leergekotzt hatte, ging er davon, Tränen glitzerten in seinen Augen, und er würgte und flennte zart. Und als er an Herrn Mít'ánek und Herrn Valerián auf dem Pfad vorbeikam, torkelte er und hätte ums Haar nicht zu dem schönen Tor hinausgefunden.

»Da gibt die Kommission wohl ein Bankett«, sagte Herr Mít'ánek und rieb sich die Hände.

»Na, was bringen Sie denn Schönes?« erkundigte sich der Pförtner und stellte den Eimer mit dem Wischlappen hinter dem Buchsbaumstrauch ab.

»Die Jirásek-Aktion«, sagte Herr Mít'ánek und zeigte auf das zwei Meter hohe, mit einem Laken verhüllte Bild.

»Dann gehn Sie in den ersten Stock, das Erdgeschoß ist schon voll, raten Sie, womit«, sagte der Pförtner. »Vašik, ich nehm gleich den Riemen!« schrie er.

»Jan Kozina unterm Galgen«, sagte Herr Valerián.

»Sie bringen einen Kozina?« fragte der Pförtner und machte eine ausholende Handbewegung, als schnalle er sich den Riemen ab. »Paß auf, Vašik, du sollst Ferdilein keinen Sand in die Augen schmeißen, sonst nehm ich den Riemen!«

»Einen Kozina«, sagte Herr Valerián.

»Dann ist es gut«, sagte der Pförtner, »alle haben geglaubt, ein anderer Maler würde den Kozina machen, deshalb haben wir von Kozina nur fünfundzwanzig Stück, aber halten Sie sich fest«, der Pförtner lachte, »an Durynks, an Verrätern und Mördern von Durynk haben wir bis zum heutigen Tag, daß ich nicht lüge…«, er beugte sich ins Pförtnerhaus und sagte dann: »sechsundneunzig Stück geliefert gekriegt.«

»Wie gut«, sagte Herr Valerián und begann zu bibbern, »daß ich einen Kozina bringe.«

Der Maurer sprang von seinem Minigerüst herab, der Küster blickte auf die Uhr, dann betraten beide den Turm und stiegen die Wendeltreppe hinauf.

»Ob die mit Dynamit sprengen werden?« fragte der Maurer.

»Weder mit Dynamit noch mit Ekrasit, sondern mit Donarit.« Der Küster drehte sich um und lief die Korkenziehertreppe hinauf, durch die Turmfenster sahen sie, daß sie das Dach schon unter sich gelassen hatten. Dann waren sie ganz oben, wo die Glocke hing. Durch das gotische Fenster sah man die Stadt. Auf der Anhöhe gegenüber erhob sich das Standbild, das über und über von einem Rohrgestänge schraffiert war.

»Die Deutschen haben angeboten, das Standbild mit einer Spezialsäge zu zerteilen, aber Geld wollen sie keins haben dafür, Karlsbader Kaolin wollen sie. Aber da haben wir ihnen gesagt, wir würden die Säge kaufen. Doch die Deutschen haben geantwortet, kommt nicht in Frage, die Säge ist unverkäuflich. Und so hat eine Schweizer Firma den Auftrag gekriegt«, sagte der Küster, setzte sich in das gotische Fenster, legte sich das Fernglas auf den Schoß, und der Luftzug zauste seine Haartolle, »insgesamt sechzehnhundert Löcher hat man gebohrt. Jetzt, wenn der Ingenieur das Zeichen gibt, werden die Kontakte geschlossen, und das ganze Standbild stürzt Stück für Stück zusammen.«

»Ja«, sagte der Maurer mit versagender Stimme. Er stand breitbeinig da, der Wind spielte mit seiner weißen Arbeitshose und der Bluse, er hatte beide Arme gehoben und die trockenen Handflächen gegen das Sandsteinfutter des gotischen Fensters gestemmt. Gebannt starrte er zu der Anhöhe hinüber.

»Insgesamt sieben Leute sind beim Bau draufgegangen«, fuhr der Küster fort, »der erste war der Bildhauer, der das Standbild entworfen hat, der letzte war ein Hilfsarbeiter, der montags beduselt zur Arbeit kam, ein Brett im sechsten Stock durchtrat und kopfüber runterkrachte und sich am kleinen Finger der Statue totschlug.«

Herr Valerián und Herr Mít'ánek betraten den Palast,

stiegen dann den roten Teppich hinauf, und jeder trug das Bild an einem Ende, so daß sie aussahen wie kleine Kinder, die die Sonne mit einem Spiegel einfangen. Dann lehnten sie das Bild an die vergoldete hölzerne Wand.

»Hoffentlich hat der Pförtner kein Blech geredet«, sagte Herr Mít'ánek.

Herr Valerián begab sich in die erste Etage hinauf und ging wie im Traum an den Bildern vorbei, die an der Wand lehnten, wie von Spiegel zu Spiegel ging er, trat aus einem Bild heraus und in das nächste hinein, als habe er sich als Durynk verkleidet, sechsundzwanzigmal betrat und verließ er die gleichen Bilder, bis er wieder auf dem Gang mit den goldenen Lüstern und den goldenen Balustraden anlangte.

»Es war kein Blech«, sagte Herr Mít'ánek.

Herr Valerián nahm achtlos sein Bild, schleppte das Artefakt auf die Toilette und schloß sich dort in der Kabine fürs große Geschäft ein. Um nicht aufzufallen, falls einer reinkommen sollte, tat Herr Mít'ánek die ganze Zeit so, als erledige er sein kleines Geschäft. Dann vernahm er ein seltsames Geräusch, zuerst glaubte er, Herr Valerián habe Durchfall, doch dann hörte er genau, daß eine Leinwand zerriß. Als die Tür aufging, erschien Herr Valerián ohne Bild.

Er reichte Herrn Mít'ánek einen Leinwandstreifen.

»Da haben Sie etwas zur Erinnerung von mir«, sagte er und versuchte zu lächeln.

Es waren die ausgeschnittenen Augen des traurigen Durynk, mit dem Messer herausgetrennte Augen, die durch einen Türspion zu spähen schienen. Und Herr

Mít'ánek erkannte, daß es die gleichen Augen waren, die Herr Valerián auch hatte, Augen, die er nicht im Atelier gehabt hatte, sondern erst jetzt.

Da begann Herr Valerián zu würgen und wurde bleich, er streckte die Arme aus und rannte den roten Teppich entlang und taumelte mit ausgestreckten Armen hinaus in die Sonne, nahm dort gerade noch die schwarze Gestalt des Pförtners wahr und dann den brunnengroßen Eimer vor sich, in den er sich erbrach und dabei spürte, wie der Henkel des Eimers, dieser Halbkreis, umgeklappt und ihm über den Nacken gelegt wurde, wie einem Brauereigaul war ihm zumute, dem der Kutscher den Hafersack über den Kopf hängt.

»Dann haben Sie mich angeflunkert«, sagte der Pförtner voll Mitgefühl und wischte Herrn Valerián mit dem Lappen die Brust ab. »Sie haben also auch einen Durynk gebracht, stimmt's?« Herr Valerián nickte mit tropfenden Tränen. Und den sandbestreuten Pfad entlang kamen zwei Arbeiter einer Speditionsfirma, die mit Gurten die Sandsteinfigur eines Kriegers in Leder und mit schlagbereit erhobenem Beil brachten, und als sie die Treppe hinaufstiegen, trippelten sie mit den Füßen und trugen mit ihren Gurten die Figur nach oben, und als Herr Valerián ihrer ansichtig wurde, mußte er sich erneut übergeben, sein Magen war schon leer, deshalb buhte er in den Eimer, als blase er auf dem Waldhorn. Der Pförtner sah der sich entfernenden Figur in den Gurten nach und stieß dann einen Pfiff aus.

»O je, einen Krieger haben Sie auch noch gemacht, geben Sie es zu, stimmt's?« drängte der Pförtner und patschte Herrn Valerián auf den Rücken.

»Den wievielten Krieger bringen Sie heut schon?«
schrie der Pförtner ins Foyer.

»Den elften«, schrie einer der Statuenträger zurück.

»Das sind Portionen«, sagte der Pförtner und nahm
Herrn Valerián vorsichtig den Eimer vom Hals, wischte
ihm über die Brust und stellte den Eimer neben den
Buchsbaumstrauch. »Vašik! Ich mach gleich den Rie-
men ab! Mußt du unserem Ferdilein den Sand in die
Augen schmeißen?«

»Und wie viele von den Kriegern sind... insgesamt gebracht worden? Nur so, interessehalber«, fragte Herr
Mít'ánek.

»Einhundertzehn«, sagte der Pförtner, »deshalb hören
Sie mir auf mit der Kunst. Das ist das einzig Wahre!«
sagte er und hob ein Buch auf und wedelte damit. »Wer
kommt schon an Einstein ran! Das ist eine Lektüre, der
reinste Krimi ist das, hören Sie mir auf mit der Kunst.
Alles hat er vorausgesagt, alle Phantasien hat er bewie-
sen und damit kaputtgemacht. Gesagt hat er, im Weltall
ist Dämmerung, und da ist sie auch. Vašik, ich nehm
gleich den Riemen!« Er hob die Hand, als wollte er sich
den Gürtel abschnallen, fuhr aber begeistert fort: »Einstein hat berechnet, daß die Erde abgeflacht ist, und sie
ist auch abgeflacht, er hat berechnet, daß sich das Licht
im luftleeren Raum mit einer Geschwindigkeit ausbrei-
tet, die unabhängig von der Geschwindigkeit der Licht-
quelle ist, Vašik! Das ist so, als wenn eine Schwalbe im
Flug die Wasseroberfläche mit dem Flügel berührt...
Einstein hat die äußerste Grenze der Geschwindigkeit
bestimmt, das heißt, kein Signal kann sich schneller
ausbreiten als das Licht, aber Vašik, da hört sich doch

alles auf«, ergrimmte der Pförtner und schnallte sich den Riemen ab und machte einen Satz und legte den Buben beim Strauch übers Knie und verdrosch ihn mit dem Riemen, während das andere Büblein daneben saß und herzzerreißend plärrte.

Der Maurer beugte sich ein wenig vor.

»Und die ganze Statue ist im Innern aus Spannbeton, abgestützt mit speziellen Versteifungen, die bis unters Sparta-Stadion führen. Der Abriß ist auf dreißig Tage veranschlagt.«

»Ja«, sagte der Maurer und räusperte sich.

»Daß man die Prager Standbilder nicht in Ruhe läßt«, sagte der Küster und zog das Fernglas hervor und blickte auf die Uhr. »Was für Statuen hätten in Prag in diesen fast tausend Jahren angesammelt werden können. Nicht hinfallen könnte man, wenn man betrunken nach Hause geht, egalweg stützte man sich auf Hände aus Marmor oder Sandstein, so viele Standbilder gäbe es in Prag.«

Der Pförtner machte sich den Riemen zu und verschnaufte. »So eine Schwalbe berührt mit dem Flügel die Fläche«, fuhr er fort, »und auf dem Wasser breiten sich Wellen aus, doch deren Geschwindigkeit ist unabhängig davon, wie schnell die Schwalbe fliegt, verstehen Sie mich?« fragte er Herrn Mít'ánek.

»Ich verstehe«, sagte Herr Mít'ánek und blickte auf den Knaben, der neben ihnen stand, »nur sagen Sie das mal dem Valerián da, der ist der Künstler, ich bin bloß ein Polizeihelfer, aber was hat denn Ihr Junge mit seiner Schulter?«

»Ach das, das hat nichts zu bedeuten«, winkte der Pförtner ab, »ganz zerbrochen ist er, er war zu lange im Mutterleib, deshalb mußten sie ihn im Schoß zerbrechen, um ihn rauszukriegen, mußten ihm die Schultern brechen. Aber in sieben Jahren brechen sie ihn noch mal, und bringen ihn ein für allemal in Ordnung. Aber was diesen Einstein betrifft, wissen Sie, was ich hab sagen wollen? Im Vergleich mit der Aktion hier?«

»Ich weiß«, sagte Herr Valerián, »vorwärts immer. Rückwärts nimmer.«

»Ja«, sagte der Pförtner und blickte auf den leuchtend roten Läufer auf der Treppe, dann holte er Eimer und Lappen vom Buchsbaumstrauch, »der nächste Saazer Krieger!« rief er und stürzte mit vorgehaltenem Eimer los.

Und Herr Valerián erbrach sich ein bißchen auf den Rasen und entfloh zusammen mit Herrn Mít'ánek über den Pfad durch den Paradiesgarten, den jetzt zwei Künstler betraten, die ihre Leinwände ebenfalls mit Laken verhüllt hatten.

Nun gab es einen dumpfen Krach, im Innern des Gestänges zerspritzte ein Licht, und eine Wolke schoß heraus, etwas Gewaltiges zerfetzte das Gerüst, hob die nächsten Geschosse leicht an und ließ die Röhren des Gestänges in dichtem Schwarm in die Höhe fliegen, immer höher und höher, und als die Kraft, die diese Speere schleuderte, nachließ, hielten die Rohrstangen inne, machten kehrt und fielen als dichter Schwarm in der Umgebung nieder und bildeten einen Baum mit Ästen aus Speeren, dann stürzte die eine Hälfte der Konstruktion ein, und die andere wich zur Seite, zog sich wie eine Sprungschanze von dem Standbild zurück, zauderte einen Moment, brach aber nicht zusammen. Die Statue blieb nackt stehen, kraftvoller und gewaltiger denn je, leicht nach vorn geneigt, als wolle sie der Stadt drohen, und der von der Detonation ausgelöste Windstoß lief über die Dächer der Stadt hinweg, die Glocke schlug leicht an, und die Kluft des Maurers knatterte wie eine Fahne.

»Dafür wird wieder einer den Kopf hinhalten«, sagte der Küster, »bei denen hing alles zusammen. Wie ich sehe«, setzte er hinzu und legte das Fernglas beiseite, »hat's der Statue akkurat ein Auge, ein Schulterstück und ein Knie abgefetzt, das gleiche, was deinem Thaddäus fehlt, den du reparierst.«

Der Maurer beugte sich hinaus, sah das vom Safina-Werk vergoldete Kreuz am Seil des Krans hängen und langsam nach oben steigen. Er sah, daß die Arbeiterhände der Gerüstbauer es waren und sind, die das siebenstöckige Gestell rings um das Standbild des Generals errichtet hatten, daß er es war, der Maurer, aber auch die anderen Arbeiter und Arbeiterhände, die das Standbild an sechzehnhundert, mit Kreuzchen versehenen Stellen mit Preßluftbohrern angebohrt hatten. Er war es, der Maurer, der beim Fortgang der Arbeiten dem General zunächst beide Augen anbohrte und dann den Bohrer dort am Stein ansetzte, wo beim lebendigen Menschen das Herz ist, und ihm war, als bohrte er sich ins eigene Herz, denn der General war des Maurers Liebe, der Maurer liebte den General, auf den er hoffte, von dem er lebte, doch jetzt mußte er nicht nur an der Vernichtung des gewaltigen Standbildes mitwirken, sondern sich obendrein anhören, daß er auch das Bild des Generals, das ihm teuer war und ohne das er nicht mehr zu leben vermochte, aus seinem Herzen zu tilgen habe.

Und in Gedanken stellte er auch das zweite Bild fertig, das bei Nacht in ihm herangereift und ihm jetzt eingefallen war, er sah dieselben Gerüstbauer heute wie eine Artistentruppe einander auf den Schultern stehen und von Hand zu Hand die Röhren und Bretter weiterreichen, bis die ganze Dreifaltigkeitskirche eingerüstet war, wo er heute bei einem katholischen Standbild mit Zement ein Sandsteinknie und ein von Witterung und Zeit zerfressenes Auge ersetzt hat, für die er sich morgens in seiner Aktentasche neben Wurst und Brötchen die Teile mitgebracht hatte. Nur damit das Gerüst um das katholische Gotteshaus der Kirche zu ihrem einstigen dröhnenden Pomp verhalf.

Es war ein sehr heißer Sommer in diesem Jahr. Herr Valerián und Herr Mít'ánek kühlten sich ab, als sie ins Atelier hinabgestiegen waren.

»Als wäre ich aufs Patentamt gegangen und hätte das Fahrrad als meine Erfindung angemeldet«, sagte Herr Valerián im Keller vor der weißen Gipsfigur des Saazer Kriegers, der mit seinem gipsernen Steinbeil aus der Form heraustrat.

»Aber er ist wunderschön«, sagte Herr Mít'ánek.

Herr Valerián nahm einen Schluck Wermut, packte dann die Axt und schlug dem Saazer Krieger mit einem Hieb die Hände samt Beil ab, dann zertrümmerte er ihm den Kopf und hackte ihn in der Taille durch. Dann stand er vor den Spiegeln, lange, schaute hinein, trank Wermut und sprach und übergab sich nach jedem Satz.

»Die Spiegel haben mich verraten«, sagte er und zerschmetterte mit dem Beil alle Spiegel, jedesmal sich selbst, sein eigenes Bild.

»Sie erkennen also den Farbdruck nicht an«, schrie Herr Mít'ánek, »Sie erkennen nicht an, daß ich als Helfer der Polizei mich abends hinsetzen und einen Bericht über alles schreiben kann?«

So drohte Herr Mít'ánek und ging hinter Herrn Valerián her, der den Saazer Krieger Stück für Stück zur Mülltonne trug und zu guter Letzt auch die Beine hineinwarf, den Deckel aber nicht zubekam, so daß Knöchel und Sohlen des Kriegers aus der Mülltonne ragten.

An der Ecke der Sackgasse erschien die Tante, sie brachte Suppe in einer Henkelkanne und in einem Bündel eine kleine Kasserolle.

»Finden Sie nicht auch, daß Valerián einen Wasserkopf hat?«

»Kusch, Tante«, sagte Herr Valerián und ging in den Keller, rollte sich auf dem Rußhaufen zu einem Knäuel zusammen und setzte leise hinzu: »Vorwärts immer. Rückwärts nimmer...«, und begann wie ein Kind zu weinen.

»Proleten«, sagte der Maurer leise, »ein verdammt schlechtes Spiel ist das.«

Und dann beugte er sich hinaus und blickte hinunter, in den Hof der Sammelstelle, und dachte bei sich, wenn er Charakter hätte, dann würde er aus diesem Fenster des Glockenstuhls wie von einem Sprungbrett springen, mit Anlauf, den Kopf hochgereckt, damit alle Arbeiter auf den Gerüstetagen sahen, daß es weder Unfall noch Zufall war... und dann würde er abkippen, die Arme vorgestreckt, in den Hof hinabstürzen, sich in dem Alteisenfach an den Schildern der Straßen und Gassen und Plätze und Parks des Generals das Genick brechen, und falls er Glück hatte, würde er es bis zu dem Haufen Altpapier schaffen und dort zwischen den sieben Zentnern Briefen krepieren, die von den Prager Kindern zu dem Rundfunkwettbewerb »Wie unterstützen wir unsere Heimat?« eingesandt worden waren.

Es war ein sehr heißer Sommer in diesem Jahr, mit Schüssen, die von der Wand der Sackgasse abprallten, flankten die Buben den Ball direkt in die lange Gasse.

Die geplatzte Trommel

Nichts hat mir so wohl getan wie Eintrittskarten abzu-
reißen und den Leuten zu zeigen, wo sie sich hinzusetzen
haben. Schon in der Gemeindeschule hab ich für den
Herrn Lehrer die Sitzpläne gemacht. Im Protektorat
aber ist mir was passiert, das ich als sonderbar bezeich-
nen möchte. Ein Billettabreißerkobold hockte sich mir
auf den Buckel, und ausgerechnet bei der Wochenschau,
als die Stimme meldete, daß über Dortmund achtund-
achtzig feindliche Flugzeuge abgeschossen worden
seien und ein eigenes vermißt werde, da flüsterte der
schelmische Kobold mir ein, laut zu sagen: »Aber das
kommt doch vielleicht wiiieder.« Meine Stimme erschien mir dabei so fremd, daß ich sofort das Licht
anmachte und die Zuschauer der Wochenschau auffor-
derte, die Tat zu gestehen, gemeinsam mit den anderen
Platzanweisern ging ich herum, doch keiner gestand,
und so erklärten wir kraft unserer Amtsbefugnis – und
diese Befugnis hatten wir – die Vorstellung für beendet,
das Eintrittsgeld auch für den Hauptfilm für verfallen,
und ließen die Leute zur Strafe nach Hause gehen.
Aber ein richtiger Platzanweiser wurde ich erst, als ich
im Zeitkino Čásek die Eintrittskarten abriß. Dort er-
hielt ich Gelegenheit, ein bißchen auch Ordner zu sein.
Nicht nur die Plätze anzuweisen, sondern auch zu kon-
trollieren, ob sich ein Zuschauer den Film nicht ein
zweites, ein drittes Mal ansah. Hier erst war ich in meinem Element, hier erst bedauerte ich bei Schichtende,

daß schon wieder Schluß war, denn es war zu schön, jemanden beim Arm zu packen, der Anstalten machte, noch einmal zuzuschauen, der also Anstalten machte, das Zeitkino Čásek zu bestehlen. Und ich brauchte nur zu gucken, dann erkannte jeder schon an meinem Blick, daß ich der Ordner war. Und danach, wenn die Pause kam, dann zog ich die Vorhänge auf, öffnete die Fenster, um das Flohkino durchzulüften, und stemmte mich, während die Zuschauer hinausgingen, die schon alles gesehen hatten, mit dem Rücken und mit ausgebreiteten Armen gegen die Tür, hinter der schon die nächsten Besucher standen, und erst wenn der Schuh des letzten verschwand, machte ich die Schwingtür auf und riß die ersten Billetts der Neuankömmlinge ab, kontrollierte aber bereits mit den Augen, wer von den Sitzenden schon einen bestimmten Titel des Programms gesehen hatte und wann seine Eintrittskarte ihre Gültigkeit verlor. Auch hatte ich es nicht gern, wenn die Jugend sich während der Wochenschau unterhielt, denn ich sah mich als Ordner jeder Vorstellung, das heißt als verantwortliche Person. Deshalb beugte ich mich über die Reihen und rief: »Ruhe da, oder die machen uns das Kino dicht!« Und meine Stimme war so kräftig, daß Stille eintrat, doch ich traute dem Frieden nicht, ich stand neben der ersten Reihe und blickte in die Gesichter, ob sie auch wirklich zur Leinwand guckten, und wies weitere Besucher ein, manchmal mußten sich ganze Reihen umsetzen, nur damit ich einen Zuschauer dorthin setzen konnte, wo ich ihn nach meiner Sitzordnung hinhaben wollte. Von meinem eigenen Geld hatte ich mir einen Zerstäuber gekauft und versprühte in den

Pausen duftende Essenzen über den Köpfen, und so wurde ich allein deshalb ein tüchtiger Billettabreißer, weil ich mich zugleich als Ordner empfand. Aus diesem Grund wurde ich auch befördert und wurde Einlasser in Theatern der gehobenen Klasse, bei Konzerten und öffentlichen Festlichkeiten. Und das gleiche Verfahren praktizierte ich auch daheim, in meiner Familie. Der einzige Mensch, mit dem ich mich angefreundet hatte, war mein Schwager, der die Pässe fürs Ausland stempelte und mit dem ich oft, wenn wir freihatten, in Restaurants ging, wobei unsere Unterhaltung darin bestand, daß ich eine Sitzordnung für das Restaurant entwarf und dem Schwager sagte, wer in dieses Restaurant hineingehörte und wen ich rausschmisse, wen ich wo plazieren und wen ich hinaussetzen würde, wenn er schon genug hatte, und wer einen getrunken und sich anderswo einen Affen geholt hatte, doch nur zu dem Zweck in dieses Restaurant gekommen war, um sich ganz vollaufen zu lassen oder Krawall zu schlagen. Und mein Schwager, der saß wiederum bloß da und guckte die hereinkommenden Gäste an und sagte leise zu mir: »Dem da würde ich einen Stempel in den Auslandspaß geben, und dem da keinen...« Mein Schwager, der unterteilte die Bürger nach dem Gesichtspunkt, ob er sie ins Ausland ließe oder nicht ins Ausland ließe. Außerdem betrachtete er sich, obwohl das überhaupt nicht mehr seine Sache war, als Ordner von Reisegruppen, die ins Ausland fuhren. Und prüfte dann auch bis zum letzten Augenblick, ob er die Stempel zu Recht erteilt hatte. So war schon zweimal ein Flugzug mitsamt meinem Schwager gestartet, der dann in der Stadt, wo das

Aeroplan landete, interniert wurde, einmal in Wien und das andere Mal in Paris. Allerdings wurde der Schwager wiederum oft von einem arglistigen Kobold genarrt, mehr als einmal hat er sich von ihm täuschen lassen, denn mancher, von dem der Schwager behauptet hatte, er habe den Auslandsstempel zu Recht erhalten, der war weggeblieben, und ein anderer, dessen Rückkehr er bezweifelt hatte, der war zur allgemeinen Überraschung wiedergekommen. Also, da war ich doch vorgestern Einlasser bei den Ledebour-Terrassen, man gab da die Tragödie, in der der Mohr Othello seine Frau zu guter Letzt im Bett meuchelt. Zuschauer waren dabei nicht nur jene, die dafür bezahlt hatten, nein, auch andere, die nicht bezahlt hatten, guckten aus den geöffneten Häuserfenstern zu, in eigener Person ging ich, um ihnen wenigstens Stehplätze zu verkaufen, doch sie hatten das Haus abgeschlossen, da holte ich mir eine Leiter, doch kaum stieg ich rauf, da fiel ich vornüber runter auf die Hände, ein Wunder, daß ich sie mir nicht verstaucht hab, und da seh ich, die Tür ist plötzlich offen, ich also zurück zur Leiter, doch da schmiß einer wieder die Tür zu, und ich hörte ihn noch den Schlüssel zweimal umdrehen und klopfte an, weil ich drin einen ganzen Block Eintrittskarten auf der Erde hab liegen lassen, aber die kriegte ich nicht mehr, und weil ich nicht ausgelacht werden wollte, mußte ich die ganzen fünfzig Stehplätze bezahlen und erntete noch ein Lob dafür. Doch am Schluß, wo der edle Mohr seine Frau Desdemona würgt, da begannen sich im ersten Stock des angrenzenden Hauses auch die Mieter zu würgen, und zwar so kräftig, daß das Weib genau in dem Moment aus dem

Fenster fiel, als der Mohr die Desdemona erwürgt hatte, und die Leute standen auf, weil sie Gesichte zu haben glaubten, vergebens hab ich sie beschwichtigt... und dann bin ich hingegangen und bin aus amtlicher Machtvollkommenheit auf die Leiter gestiegen und hab den Finger auf die Lippen gelegt und als ordentlicher Platzanweiser in den Hof hinabgezischelt: »Psst.« Aber das Weib hat drunten gelegen und hat sich die Beine gebrochen gehabt und hat geheult, und ich hab in das Höfchen runtergeguckt und von der Leiter in den Hof der Ledebour-Terrassen, einen Quark ging mich dieses Weib mit den gebrochenen Beinen an, zuallererst hatte ich als tüchtiger Ordner dafür zu sorgen, daß die Tragödie zu Ende gespielt wurde. Runtergeklettert bin ich erst, als der Beifall ertönte, als der Mann, der den Mohren spielte, mit tränennassem Gesicht und wie ein Toter aufstand, um sich zu verbeugen, erst dann schafften wir die Verletzte aus dem Höfchen in den Krankenwagen, und erst dann hörte ich, als hätte ich mir die Stöpsel aus den Ohren genommen, den Beifall von den Terrassen und die Tränen und das Geflenne des Ehemanns und des Weibs, irgendwie gleichzeitig und nebeneinander hörte ich alles, ich hörte zu, und selbst das Knarren der Klappsitze wirkte auf mich melodisch und harmonisch, das Knarren der Fenster, wenn die Mieter sich aus dem Haus beugten, das Stimmengewirr zu beiden Seiten der Mauer, und das alles miteinander schien mir auf einmal so absonderlich, daß ich schon meinte, mich narre der Billettabreißerkobold. Und so war es auch gestern weitergegangen, als ich Karten abriß und versonnene Zuhörer zum Quartett einließ, Quartette haben ausgesuchte Zuhörer, besorgte und verhärmte Gesichter, junge Mädchen, denen man gleich ansieht, daß sie von diesem Konzert geschwängert heimgehen werden, denn ein richtiges Quartett macht den Menschen wehrlos. Und als das Quartett auf den Ledebour-Terrassen anstimmte, setzte ich mich ganz oben hin, auf der letzten Treppe, hinten auf dem Sandsteinmäuerchen, wo neben mir die Statuen standen, schlug ein Bein übers Knie und vergrub das Kinn in der Hand und schaute dem Kampf der Instrumente zu, immer schon hatte ich den Eindruck gehabt, daß ein richtiges Quartett, daß das so etwas wie ein Duell ist, manchmal gar eine Wirtshausrauferei, ein Marktgeschrei, ein Kampf auf Leben und Tod, in all diesen Jahren hatte ich es mir beigebracht, aus einem Quartett Geschichten und Geschehnisse herauszuhören, um mich irgendwie zu unterhalten, ohne die Zuschauerreihen aus den Augen zu lassen für den Fall, daß einer in Ohnmacht fiel oder störte. Heute aber, als das Quartett zum Ende kam und als es wahrhaftig schon so aussah, als sei das Cello auf ganzer Linie am Verlieren, derart zerkratzten die Geigen ihm die Knochen, derart machten sie Putzlappen aus ihm – übrigens gewinnt die erste Geige vielleicht deshalb am Schluß immer, weil sie sich sozusagen abseits hält, so als wenn drei sich streiten und der Vierte sich freut –, heute aber merkte man das den Zuhörern an, fast alle waren um vieles kleiner geworden, sie duckten sich und hielten sich die Unterkiefer, als hätten sie Zahnschmerzen. Und dann erhob sich ein Menschlein in der ersten Reihe und wich zwischen den Sitzplätzen zurück, immer weiter zurück, aus Erfahrung wußte ich sogleich, das war je-

mand vom Dorfe, wahrscheinlich fuhr bald sein letzter
Bus oder Zug, und als ordentlicher Billettabreißer und
Ordner sah und wußte ich, daß er beim Rückwärtsge-
hen, ja, daß er irgendwann mit dem Hacken an die
Kante des niedrigen Beckens mit den Fischen und Seero-
sen stoßen und hinterrücks ins Wasser fallen und folg-
lich die Zuschauer wie das Quartett als solches stören
mußte. Eigentlich hätte ich hurtig von meiner Sand-
steinbalustrade herunterspringen und den Besucher in
letzter Sekunde am Arm fassen und leutselig zum Aus-
gang geleiten müssen, doch der Billettabreißerkobold
flüsterte mir ein, laß das und guck zu, was er wohl machen wird. Ich hob den Kopf, und in das Quartett
stimmte das Brummen eines Aeroplans mit bunten Flü-
gellichtern ein, und dazwischen hörte ich auch noch das
Gebimmel der Straßenbahnen, und all das begann in
mir zu einer Symphonie zu verschmelzen, und nun
schaute ich nach unten, tatsächlich, der Besucher war
nur noch ein paar Meter von dem Wasserbecken entfernt, die übrigen Zuschauer wirkten wie tot, so genau
traf das Wort aus dem gestrigen Othello auf sie zu: Sehet
die Hingerafften auf diesem Felde!, und da stieß die
Ferse ans Becken, der geduckte Besucher kippte hintenüber, sein Körperchen spiegelte sich im Wasser, dann
kauerte er sich eine knappe Sekunde lang wie das Körperchen eines Kindes im Mutterleib zusammen, ich hab
zu Hause Bilder davon im »Doktorbuch«, darauf
machte es platsch, und der Besucher verschwand und
tauchte wieder auf und war mit Seerosenkraut behan-
gen, zwei Blätter lagen ihm wie Generalspauletten auf
den Schultern, und das Wasser sprudelte aus ihm her-

aus, und während er so bis zu den Hüften im Becken
stand, knöpfte er sich den Rock auf, und ein winziges
Goldfischchen fiel ihm aus der Weste, so daß die Zuhörer in den Reihen, die dem Becken am nächsten waren,
abrückten, manche rannten sogar die Treppe bis zu mir
herauf, damit er nicht ihnen angelastet würde, dieser
Skandal, damit ja keiner auf die Idee käme, sie hätten
den Mann im Teich ins Konzert mitgebracht, er wäre
womöglich ein Verwandter von ihnen... und ich hörte,
wie das Quartett langsam aus den Fugen ging, wie sogar
das Cello, das sonst wohl unterlegen wäre, mit Fleiß zu
dem allgemeinen Durcheinander beitrug, dann zogen
die Ordner den Besucher aus dem Wasser, und irgendwer lachte, doch mir machte das alles nichts aus, auch
nicht, daß zwei Musiker zu spielen aufhörten, der erste
Geiger wartete seinen Sieg nicht erst ab, sondern stürzte
in die Gasse zwischen den Sitzreihen und war, als die
Ordner den nassen Besucher an der Hose aus dem Wasser hievten, zur Stelle, und kaum zogen sie ihm die Hose
stramm, da gerbte der erste Geiger dem Konzertstörer
mit dem Fiedelbogen das Fell, zweimal, dreimal, es
patschte, als würde Gekröse gegen eine Tür geschmis-
sen, und ich war gespannt, ich zitterte, weil das alles so
schön, so wunderschön war, einige Konzertbesucher
hieben mit den Fäustchen gegen die Mauer, der Putz
rieselte, andere kratzten mit den Fingernägeln, als wollten sie hinaufklettern, doch mich versetzte das alles so
in Stimmung, daß mein Herz vor Freude aufjaulte. »Ich
hab Sie nicht stören wollen«, sagte der Besucher, »ich
mußte schnell zum Zug.« Und ich ging hinterher nach
Hause, wirr im Kopf von allem, was mir widerfahren

war, als ich aufschloß, stimmte mich selbst das Schlüsselklirren versöhnlich, sogar daß meine Tochter noch nicht zu Hause war, ließ mich eins sein mit der Welt. Heute stehe ich schon seit früh an der Straßenecke und staune. Die Straßenbahnen und die menschlichen Stimmen, alles paßt zueinander, spielt einander zu wie echte Fußballer. Neben mir steht ein flotter junger Mann, dem gäbe mein Schwager bestimmt keinen Stempel in den Auslandspaß, er hat einen Stoß Zeitungen oder derlei unterm Arm, mit einem Hanfseil verschnürt. Und plötzlich fuhr ein Auto mit dem Rad auf den Bordstein rauf und wieder runter, zwei Polizisten lachten, und der junge Mann sprang zu ihnen rüber und sagte: Haben Sie das Auto gesehn? Darauf die Polizisten: Na und? Was heißt na und? sagte der junge Mann, riß mit einem Ratsch die Zeitungen auf und zeigte einen ganzen Pakken Todesanzeigen vor und sagte, genauso war das mit dem Auto, das übern Bordstein gefahren ist und mir mein Mütterlein totgefahren hat!, und er hielt die Todesanzeigen hoch wie der Priester die Monstranz bei der Wandlung, und mich versöhnte das, sogar das Ratschen, und auch der Gedanke an heute morgen versöhnte mich, wie ich am Bett meiner Tochter gestanden hatte, sie schlief, das Hemdchen war ihr hochgerutscht, was für einen strammen Schenkel sie hatte, und ich — sonst hätte ich die Lampe runtergerissen, wo ist sie letzte Nacht gewesen? Doch guckte ich nur, gerührt von soviel Schönheit, und verließ ohne Gebrüll das Zimmer, ging an meiner Frau vorbei, die blaß war vor Entsetzen, ich könnte wie üblich Krawall schlagen, streichelte ihr den Handrücken, und sie zuckte zurück, als hätte ich sie gebissen, in unserer Gasse hüpfte ein Junge auf einem Bein herum und schrie in alle Richtungen: Meine Mami und mein Papi machen Hochzeit!, und ich regte mich nicht auf, als ein rechter Billettabreißer und Ordner tat ich das Gegenteil von dem, was ich sonst getan hätte, ich streichelte den Buben und betrachtete dann meine Handfläche und hatte Freude an der Streichelei, und darauf begegnete ich einem Leichenauto mit einem Sarg und danach einem mit zwei Särgen und ein Stück weiter einem Leichenauto mit drei Särgen, du nimmst die Nebenstraße, sagte ich mir, die Hafenstraße, denn wer weiß, was das hier für Zeichen sind, und dort knüpfte ich mir den Schnürsenkel zu, während jemand einen Rolladen heraufzog, ein furchtbares Geräusch war das, ich machte einen Satz und lief zur anderen Straßenseite hinüber, guckte, vor mir befand sich der Bestattungsdienst der Hauptstadt Prag, in allen Stockwerken alle Phasen der Sargherstellung und unten, hinter jenem hochgezurrten Rolladen das Magazin mit den ausgerichteten Särgen, ein Anblick wie ein Lager für schwarze Schuhe, zu anderer Zeit wär ich umgekippt, doch jetzt lächelte ich nur. Eine Tupolew überflog die Stadt, und alles strömte in mir zu einer großen Symphonie zusammen, ich spürte, daß ich nahe dran war, ein schlechter Billettabreißer, ein schlechter Ordner zu sein, daß ich ein anderer Mensch zu werden begann, daß mir jemand aus den Ohren, wie aus der Seele die Wattepfropfen entfernte, mir die Scheuklappen von den Augen nahm, bislang hatte ich gelebt wie ein Droschkengaul, und als ich zum Mittagessen heimging, kaufte ich eine Schachtel Feingebäck, und gleich schob mir ein

Auto seine Schnauze vor den Bug, und ein Kerlchen beugte sich aus dem Fahrerhaus und fragte, gibt es hier so was wie Bei Pudil? Kamerad, sagte ich, so hieß früher mal die Kneipe, wo Bei Krofta dransteht, die heute aber Bei Marek heißt. Da hieb der Fahrer mit der Faust an die Blechtür, als traktierte er die Pauke in einer Symphonie, in der Fünften von Beethoven, strahlte und sagte, »was bin ich froh, ich fahr schon das viertemal um den Block, aber weißt du was«, meinte er und sprang vom Wagen, »dafür zeig ich dir auch einen hübsch zugerichteten Jungen«, und ging nach hinten und machte die Tür auf, da stand ein einfacher Sarg, doch ich sagte: »Kamerad, ich hab Phantasie hier drin«, ich klopfte mir an die Stirn, »hier drin seh ich ihn noch übler zugerichtet, als er in Wirklichkeit ist oder sein könnte, so ist das!«, und ich ging fort, und zu Hause war die Tochter blaß vor Angst und meine Frau auch, beim Essen kleckerten sie mit den Löffeln Suppe auf das Tischtuch, und das Fleisch fiel ihnen vom Teller auf den Boden, doch mich stimmte das alles versöhnlich, und ich lächelte, aber das verstörte sie mehr, als wenn ich zu schreien und zu drohen und zu prügeln begonnen hätte, doch ihr Schreck steigerte sich noch, als ich die Schachtel holte und sagte, sie sollten sie nur aufmachen, meiner Tochter versagten die Hände, sie konnte nicht, bestimmt glaubte sie, ich hätte Babywäsche für sie gekauft, meine Frau bekam schwarze Fingernägel von den Knoten und schnitt dann die Bänder durch, und ich mußte den Deckel selber abnehmen... Und da lagen die Törtchen und Nußkringel, ich hielt ihnen die Schachtel hin, doch Frau und Tochter traten bis an die Wand zurück, wenn sie gekonnt hätten,

wären sie durch die Wand hindurch bis zu den Nachbarn zurückgewichen, und ich wurde ernst, schwitzte
und mußte schließlich selbst ein Stück nehmen und meiner Tochter in die Hand geben und dann eins der Alten,
sie hielten das Gebäck, das ich ihnen das erste Mal im
Leben mitgebracht hatte, sie hielten beide ihr Sahne-
törtchen in der Hand, waren jedoch außerstande, ein
Stückchen zu verzehren...! »Eßt, das hab ich euch mitgebracht«, sagte ich und nahm mir selbst ein Stück und
aß, sie führten ihre Törtchen zum Mund, bissen hinein,
brachten aber nicht mal den ersten Happen herunter,
und ich hörte, daß alles, was ich vormittags auf der
Straße wie hier daheim gesehen hatte, daß all das schon
Teil der Symphonie Pathétique war, die ich noch heute
abend als Billettabreißer nach der Siebenunddreißig-
sten zu hören bekam, nach der Symphonie, derethalben
ich am Nachmittag hingehen und die Stühle hinstellen
und aufpassen mußte, daß die Putzfrauen die Sitze ab-
staubten, Tochter und Frau guckten mit gesenkten Köpfen den Teppich an, ich konnte ihnen nicht in die Augen
sehen, weil ihnen ihr Haar fast bis auf die Tortenstück-
chen herabfiel, die sie in den flatternden Händen hielten, das hat man nun davon, wenn man Ordnung haben
möchte, wollte ich denken, doch mein alter Kopf war
wie vernagelt.
Ein ordentlicher Billettabreißer im Waldstein-Garten zu
sein, das ist nicht ganz ohne. Da gibt es mancherlei
Kompetenzkonflikte, weil der Waldstein-Garten nur
durch eine hohe Mauer vom St. Thomas-Bräu getrennt
ist, die zu übersteigen kein Kinderspiel ist, doch für die
Musik der Instrumente und für das Geplauder bildet die

hohe Mauer kein Hindernis. Und so stellt es immer eine Attacke auf die Nerven eines richtigen Ordners dar, wenn das Symphonieorchester der Hauptstadt Prag unter der Stabführung von Doktor Smetáček ausgerechnet am selben Abend konzertiert wie jenseits der Trennmauer Herrn Polatas Böhmerwälder Blasmusik. Das führt dann zu Kompetenzrangeleien, da jede Seite das Gefühl hat, von der anderen gestört zu werden. Ich, der ich immer nur bei den Elitevorstellungen im Waldstein-Garten Karten abriß und Plätze anwies, ich konnte den Thomas-Garten einfach nicht ausstehen, kaum hörte ich die Blasmusik, schon hob sich mir der Magen. Mein Schwager dagegen, das war ein einfacher Mann, obwohl er Pässe abstempelte, der sprach dem Bier und den weltlichen Vergnügungen ungehemmt zu. Es war deshalb gut so, daß der Waldstein die hohe Mauer hatte errichten lassen, als habe er im voraus gewußt, daß das tschechische Volk geteilt werden würde. Ich freilich war nicht geteilt, ich stand kompromißlos zur symphonischen Musik und ertappte mich während eines Konzertes oft bei dem Gedanken, daß ich mir eine Leiter holte und über den Zaun kletterte und Kraft genug hatte, sämtliche Gäste und die gesamte Kapelle windelweich zu prügeln. Diese edle Auffassung war mir bis heute zu eigen, wo ich schon im Kreuz spürte, daß ich das Ruder meiner Gesinnung herumwerfen, daß heute bestimmt noch was passieren würde. Als der Dirigent erschien und mit dem Stäbchen ans Pult klopfte und das Publikum verstummte, da legte Herrn Polatas Blaskapelle mit einem schmissigen Galopp los. Und die Musiker blickten schmerzerfüllt zu den rauschenden Kronen der uralten Bäume hinauf. Doch dann blieb ihnen keine andere Wahl, als es mit Herrn Polatas Musik aufzunehmen, und nun war es wiederum das Symphonieorchester der Hauptstadt Prag, das seinen Rüssel in den Blütengarten von St. Thomas-Bräu steckte. So begann die Symphonie Pathétique, der Dirigent leitete sie wie ein Hohepriester, doch ich, ich empfand Herrn Polatas Blasmusik nicht als Feind, sondern als Verbündeten, die Blasmusik verschmolz in meinen Ohren mit der Pathétique, als wären beide ein Leib, als gehörten sie zueinander, als stammten sie von ein und demselben Komponisten ... und zum erstenmal stellte ich mir im Geist vor, daß drüben, auf der anderen Seite, auch Menschen waren, keine beliebigen Vandalen, sondern Menschen, die auf ihre Art ihrem Bierchen und ihrer Blasmusik zugetan waren, die sie wahrscheinlich genauso liebten wie ich das Symphonieorchester der Hauptstadt Prag, was bedeutete, daß wir uns gegenseitig ins Gehege kamen, nicht etwa nur die anderen uns, und so hörte ich, wie sich die »Schlittschuhläufer«, der beliebte Walzer von Waldteufel, über die Mauer schwangen und der Pathétique ein Küßchen gaben, was niemand verhindern konnte, es sei denn, man liquidierte die eine Seite auf Kosten der anderen oder lernte, so wie ich, beides zugleich zu hören, doch dazu braucht es Geduld. Während ich sonst meist dastand, an einen kräftigen Baumstamm gelehnt, kroch ich heute immer tiefer in den Schatten der gewaltigen Äste hinein, bis an die Mauer kam ich und rempelte dort gegen ein Männlein, das mit seinem Fäustchen gegen die Wand hämmerte. Dann legte es wieder das Ohr an die Wand, und ich tat es ihm nach und hörte den Sand auf dem Tanzboden der Brauerei unter den Schühchen und Schuhen knirschen, selbst das Schnaufen der Tanzenden und ihr Geplauder hörte ich, und darüber wölbte sich, alles beschirmend, der Baum der Blasmusik. Und in mir regte sich der unbändige Wunsch, jetzt und nicht später oben von der Mauer zur anderen Seite hinüberzuspähen, noch nie hatte ich diesen Wunsch verspürt, doch nun bedrängte er mich so, daß mir die Leitern in der Voliere einfielen, also öffnete ich die Drahttürchen, hinter denen einst Geier und Adler gehalten worden waren, wo es aber keine Gitterbedachung mehr gab, sondern wo drei Leitern standen, und ich kletterte ganz leise auf die Mauer hinauf, hinter mir plätscherte das Adagio con moto, doch dort, wohin ich kletterte, Sprosse um Sprosse, dort war mehr Licht und auch mehr Musik... die Bäume hatten ihre Äste auf die Mauerkrone gelegt, ich aber schob das Gezweig auseinander und guckte zur anderen Seite hinüber, zwar hätte ich dort auch hingehen können, aber heute war das etwas anderes, heute sah ich alles durch die Symphonie Pathétique und war hier, um die andere Hälfte meines neuen Ichs zu betrachten, von wo wie ein Windhauch die Töne der Messinginstrumente und der Geruch von Bier und der Duft von Frauen herüberwehten... jetzt noch eine Sprosse, und dann sah ich's! Ich kam mir vor wie beim Quartett. Durch die Zweige und das Laub erblickte ich im gelben Licht lauter Vierecke von Tischtüchern und auf diesen Tischtüchern Gläser voll Bier, ich sah das Viereck der Tanzfläche, und dazwischen bewegten sich schwarz-weißgekleidete Menschen, strammbusige Weiber wirbelten im Kreise, eine

Hand freihängend und die andere um den Nacken des Tänzers gelegt, so drehten sie sich und hatten rote Gesichter, die Männer hielten die Tänzerinnen bei den Hüften oder schmiegten ihr Gesicht an deren Wangen, als trinke einer des anderen Atem... und dann sah ich mitten im Garten eine schöne Frau stehen, vier Männer um sich herum, wahrscheinlich Schneider, sie hatten Bandmaße dabei und maßen ihre Taille und dann die Oberweite, um und um und dann jede Brust einzeln, als wählten sie die Königin mit dem schönsten Busen, einer der Männer hatte Schneiderkreide und malte der Frau Striche auf den Leib, Striche von klassischer Schönheit, bemalte ihr schwarzes Tanzkleid unten, wo sich die klassischen Achsen und Halbmesser und wer weiß was noch drunter befanden, und alles, das, was sich hier tat, vernahm ich aufgelöst auch in der Musik, die mir aus dem Waldstein-Garten nachgeklettert kam, ich schaute für einen Augenblick zurück, doch dort hielten sich alle wieder Gesicht und Kinn, die Musik hatte die Leute schon so fertiggemacht, daß sie die Köpfe stützen mußten, wogegen hier die Tänzer und Tänzerinnen vor Begeisterung über Herrn Polatas Musik röhrten... und dazwischen gingen die Kellnerinnen herum, nach hinten gebeugt, jede zehn Bier vor sich, verteilten sie die Gläser und machten Striche auf die Bierfilze. Und dann waren die Schlittschuhläufer zu Ende, die Musiker schüttelten die Spucke aus ihren Instrumenten, und die Tänzerinnen ließen sich weiter im Arm halten und zum Platz zurückführen, die Arme der Tänzerinnen ruhten noch auf den Nacken der Männer in den schwarzen Anzügen, als das Adagio lamentoso der Symphonie Pathétique ertönte und ein paar Tänzer an die Mauer kamen und zum Waldstein-Garten hinüber riefen: »Haut ab mit eurem Beethoven! Mozarte verdammte! Allesverderber ihr!« Da kletterte aus unserer Voliere das Männlein zu mir auf die Mauer, zupfte mich am Ärmel und sagte: »Sie sind doch Ordner. Warum schreiten Sie nicht ein?« Und ich guckte, im Thomas-Garten saß mein Schwager an einem Tisch, auf dem zwei Teller standen und wo der Eintritt kassiert wurde, und mein Schwager vergnügte sich bestimmt damit, die Tänzer danach einzuteilen, ob er sie ins Ausland lassen oder nicht ins Ausland lassen würde, doch da sah ich es: Den Garten umgab ein Kloster, und dieses Kloster war jetzt ein Altersheim, ein Heim für Rentnerinnen, und aus sämtlichen Fenstern im ersten und zweiten Stock guckten glänzende Frauenaugen, alle Augen der Greisinnen waren auf einen einzigen Punkt drunten gerichtet, auf die Königin mit den strammen Brüsten, fieberhaft folgten sie den Männerhänden, die da maßen und notierten, und ich blickte hinunter, und schon war mir alles klar! Das hier war die richtige Musik. Deshalb tanzten dort alle Frauen so, deshalb ließen sie sich umarmen, und deshalb ergingen sie sich unter den Bäumen, und deshalb ruhten ihre Arme unablässig auf den Nacken ihrer Tänzer! Nur damit die Greisinnen es sahen, die ihre Arme nirgendwo mehr ruhen lassen konnten, die keiner mehr auf diese Weise umarmte, und darum funkelten die Augen der alten Weiblein und glänzten vor Begehrlichkeit und Eifersucht und vor Wut darüber, daß es hier nicht um Mauern zu tun war, welche Symphonie und Blasmusik voneinander trennten, sondern um die Mauern zwischen den Menschen, um Mauern, die in Wahrheit mehr sind als das, worauf ich saß und hinunterstierte und dabei alles zugleich sah, wobei ich ums Haar hinuntergefallen wäre. Und wieder zupfte mich das Männlein, ich solle einschreiten, denn drunten drohten die Tänzer mit den Fäusten und riefen dem Orchester zu: »Geht zum Henker mit eurem A-Dur!«

Ich drehte mich um und sah die Symphonie-Hörer auf den Leitern in der Voliere heraufsteigen, und dann sah ich, wie die Tänzer Anstell- und Bockleitern vom Brauereihof herbeischafften und an die Mauern lehnten und heraufkraxelten und sich nacheinander auf die Mauerkrone drängelten, wie das auf alten Bildern geschieht, wenn eine Burg erobert wird, und schon guckten sie sich in die Gesichter, wie von einem unbekannten Dirigenten gelenkt, schon standen sie auf der breiten Mauer, und ich sah, wie sie sich um die Hüften packten, wie ihre Augen vor Haß loderten, wie die Konzertbesucher auf der Mauer zu raufen begannen, ein paar strauchelten und stürzten hinunter, doch ich war schon irgendwo weit weg, ich konnte weder den einen noch den anderen Fäusten recht geben, sondern riß mir ein Zweiglein ab und dirigierte beide Musiker, Herrn Polatas Kapelle stimmte »Mit Löwenkraft, mit Falkenschlag« an, und die Kellnerinnen räumten rasch die Biergläser ab, alleweil huschten die Schatten stürzender Leiber hinab, doch die Leidenschaften hatten sich anscheinend so geballt, daß immer neue Männer die Leitern und Tritte bestiegen, die Mauer war nicht nur mit Sandsteinfiguren bestückt, sondern auch mit lauter Raufenden, manche waren vor Wut so außer sich, daß sie sich mit den

Statuen prügelten, und dann sah ich, wie das Orchester zu spielen aufhörte und wie die Musiker unter den Ästen der alten Bäume zusammenliefen, wie Herrn Polatas Musik abbrach und die Musikanten sich am Fuß der Mauer drängten und die Leitern erklommen, während auf der anderen Seite auch die Symphoniker mitsamt ihren Instrumenten die Mauer erstiegen, so daß sich oben auf der Mauer auch noch die Instrumente einfanden, nun begannen sich auch die Musiker zu hauen, die blanken Instrumente flimmerten, die Zweige schlugen drein, es war wunderbar, daß vor allem die Trompeten und Baßtuben aufeinander eindroschen, daß auf der Mauer mit Klarinetten gefochten wurde, alle Augenblicke purzelte einer hinunter, doch das änderte nichts daran, daß sich drunten auf der einen Seite die Verehrer von Herrn Polatas Musik scharten und auf der anderen die Anhänger des Symphonischen Orchesters der Hauptstadt Prag und mit den Fäusten drohten und schrien und Platz machten, um Herrn Polata und den Dirigenten Smetáček persönlich die Leiter besteigen zu lassen, damit auch sie sich in die Haare kriegten, doch dann ging ein Gejaule los, und in den Hof des Brauhauses rollte ein Auto voller Bullen, als hätten sie sich einen Wink gegeben oder sich nach meinem Taktstock gerichtet, und danach wurde das Gedränge auf der Mauer so stark, daß mich irgendwer packte und stieß, doch ich kriegte ihn beim Rock zu fassen, er war ein Anhänger von Herrn Polatas Musik und fiel in den Waldstein-Garten hinunter, auch ich flog kopfüber hinab, breitete die Arme aus und krachte in Herrn Polatas Blasmusik, zertrat die Trommel und kullerte in die

Spuckelachen, die der Posaunist aus seinem Instrument herausgeklopft hatte... kaum sprangen die Polizisten von ihren Wagen, da rissen die alten Weiblein im ersten und zweiten Stock wie auf Befehl alle Fenster auf, über Himmel, Wände und Gesichter huschten die Schatten der Fensterscheiben, ein ganz seltsames grünliches Licht, und ich sah alles und hörte alles, und alles stimmte mich versöhnlich, allem pflichtete ich bei, und die alten Weiblein überschrien einander und zeigten mit knochigen Händen nach unten und fuchtelten und brüllten: »Alle Tittenweiber in den Knast! Die Hände abhacken! Die Zungen rausreißen!« Und von nun an war ich für alle Zeit ein mieser Billettabreißer, ein mieser Ordner, dank allem, was ich heute und gestern gesehen und gehört hatte, ich hatte die Trommel durchgetreten, denn ich sah alles wie in ein einziges großes Laken gehüllt, und allein mein Schwager, der Idiot, hockte auf einem umgedrehten Stuhl und wippte mit dem Fingerchen und deutete und sortierte: »Dem würde ich einen Paß geben, dem keinen Paß, den da würde ich ins Ausland lassen und den nicht...« Und auf der Mauer hatte die Prügelei ihren Höhepunkt erreicht, traubenweise stürzten die Raufenden herab, so viele waren es schon, und sie waren so ineinander verkeilt, daß sie sich prügelten und nicht einmal mehr wußten warum, und als die Laternen ausgegangen waren, wußten sie auch nicht mehr, mit wem sie sich hauten, nur dumpfe Stürze und Schmerzgeheul... doch alles das stimmte mich versöhnlich, und ich war gerettet, im gewissen Sinne aber auch verloren... aber das wird wohl die Rettung sein...

Die schöne Poldi

Wo ist dieser Blinde aus der Masaryk-Gasse wohl hin, wo mag er nur geblieben sein? Er hatte dagestanden und Zeitungen verkauft, und wehte ein kalter Wind, dann hatte der Blinde mit den Zeitungsseiten nur geraschelt und geblättert, vornübergebeugt gingen die Leute an dieser lebendigen Rotationspresse vorüber und sahen nicht oder wollten nicht sehen, wie der Blinde, einem Abreißkalender gleich, mit dem Wind um seine Zeitungen raufte. Wo ist dieser Blinde wohl hin, wo mag er geblieben sein?

Wo mag aber auch dieser Krüppel vom Wenzelsplatz geblieben sein, wo ist er wohl hin? Er verkaufte auf dem Bürgersteig bei Čekan mechanisches Spielzeug, zog andauernd die Feder auf in dem Marienkäferchen, und wenn der Käfer dann aufflog, haschte der Krüppel mit ausgebreiteten Armen nach ihm und mußte dabei dem herabstürzenden Spielzeug bis unter die Äste der Linden nachlaufen, nachlaufen, als steckte er bis zur Hüfte im Pflaster, denn beide Beine waren ihm bis zum Oberschenkelhals amputiert, so daß er sich keine Prothesen anschnallen konnte. Wo mag dieser Mensch nur geblieben sein, wo ist er wohl hin?

Und wo mag auch jenes Weib geblieben sein, dem die Gehwerkzeuge überm Knöchel abgefahren waren, wo ist es wohl hin? Kniend ging sie in Prag umher und trug umgedrehte Herrengaloschen an den Gliedern, wenn also Neuschnee gefallen war und die Frau mir von St.

Gallus her durch den frischen Schnee entgegenkam, durch den Schnee, in dem noch keiner gegangen war, hätte sie mich, wenn wir uns begegneten, den Fußstapfen nach eigentlich begleiten müssen, obwohl sie sich von mir entfernte. Wo mag auch dieses Weib geblieben sein?

Jetzt sehe ich oftmals einen großen Stern, ich glaube, es ist der Abendstern. Aber es ist das Zünglein des Schneidbrenners, ein blaues und banges Flämmchen, die Ausgießung des heiligen Geistes, die bei Berührung mit dem Eisen rot aufleuchtet. Ich mache das Fensterchen im Knüppellager auf und sehe zu dem Mann hinüber, der auf dem Haufen Kriegsschrott steht, den Morgenstern in den Fingern hält und die Schläuche hinter sich herzieht, während kleine Weihnachtsbäume aus dem Brenner sprühen. In der Poldi-Hütte heben hoffnungslose Menschen die besudelte Hoffnung hoch. Erstaunlicherweise wird das Leben immerfort erfunden und geliebt, mag das Stanniolgehirn auch blasige Bilder gebären und der zertretene Brustkasten Unglück speien. Es ist immer noch schön, wenn der Mensch die Speisekarte und das Addiergerät und die Familie verläßt und einem schönen Stern folgt. Noch immer ist das Leben herrlich, wenn der Mensch die Illusion hat, er könne aus einem Quadratmeter eine ganze Welt stampfen. Sind es noch hundert Tage bis zum Ende des Brigadeeinsatzes, dann kauft er sich ein gelbes Metermaß und schneidet jeden Tag einen Zentimeter ab, und fällt ihm der letzte Zentimeter aus der Hand, dann geht der Mensch durch den Flaschenhals anderswohin, neuen Abenteuern entgegen.

Aber die schöne Poldi ist auch der Aufschrei, mit dem der Brigademann Aufschriften und Losungen zerfetzt, fünfzighundert Deka zu drei Kronen, weil der Mensch in das Röhrengeflecht seines Gehirns zurückkehrt und die Rechnung prüft, was wofür bezahlt wird und warum soviel bezahlt wurde, weil für alle Zeit gerettet ist, wer seine Finger in produktive Arbeit steckt, denn das Leben ist die Treue zu den grimmigkalten Schönheiten, manchmal sogar um den Preis des eigenen Lebens. Und die Zeitungen schildern unterdessen mit schönen Worten, wie der Brigademensch, wenn er von der Arbeit heimgeht, einen Kasatschok tanzt und im Geiste ein Danktelegramm schickt, obwohl er Teer qualstert und sich aufs Bett schmeißt. Einem anderen rinnt der dürstende Stahl durchs Auge, und das Bild der Ehefrau ist hin, und der Walzwerker tut sein Bestes, um mit lächerlichen Tänzelschritten seinem Unglück zu entfliehen. Manchmal schluckt der Fortschritt gebratene Jünglinge, und der silberne Krankenwagen schafft einen Menschen fort, die Sohlen an der Türverglasung, die zerschmetterte Hand möchte so gern die Gestalt wiederhaben, die sie einmal hatte, und an dem abgefahrenen Fuß schmerzt vor allem der Zeh, der samt dem Fuß dahin ist.

Der Doktor im weißen Kittel wäscht sich die Hände.

»Gute Frau, sind sie gläubig?«

»Ja, aber Herr Doktor...!«

»Dann, gute Frau, glauben Sie, konzentrieren Sie sich, beten Sie, glauben Sie tüchtig, denn meine Wissenschaft ist gerade mit ihrem Latein am Ende.«

Und er wäscht sich die Hände und schaut nicht hin, was

soll er sich aufregen? Der Herr Doktor weiß, daß gerade jetzt oder in einem Stündchen, spätestens jedoch zum Abend irgendwo die Falle zuschnappt und der Krankenwagen sich seine Beute holt. Immer findet sich ein vertrauensseliges Brigademännlein, das den dürstenden Draht schlecht mit der Zange zu fassen kriegt oder dem sich ein Grat an der Schere verhakt oder der den glühenden Draht falsch überwirft, dann schießen sechzehn Meter roten Bandes hoch in die Luft, und die Walzwerker hüpfen und springen zur Seite und ducken sich hinter dem Walzgerüst, manchmal aber fällt die Schlinge einem Brigademann um den Hals und zwingt ihn, den Kameraden in der Fertigungsstraße einen Tanz vorzuführen und Variationen auf die Laokoongruppe, bei der maximaler Schmerz nach minimaler Berührung sucht, und die dürstende Rute, falls sie nicht das Kinn durchbrennt, verschmort das Jochbein, und falls sie das Schultergelenk nicht zerfrißt, versengt sie die Finger, die den Kelch von sich abwenden wollen, schließlich sinkt der Kopf herab, und die Lippen backen sich für die Ewigkeit zu einem stinkenden Kuß zusammen, und mit versengtem Schlüsselbein schließt die Seele sich die Folterkammer auf, und die schöne Poldi wird fett. Die jungen Männer im Feuerofen. Und dennoch setzen die Brigadeleute, wenn sie wieder wohlauf sind, alles auf das Leben.

›Hör zu, Anči, hätt ich so 'nen Kerl zu Haus wie du, dem würd ich die Treppe einseifen, daß der nur so runterschlittert, und ob der schlittern würde.‹

›Tja, meine Herren, es ist eben alles verfickt von Adam bis Eva.‹

›Egal, ob du in Prag kaputtgehst oder hier.‹

›Ja, da ist doch bloß der alte jüdische Minderwertig-keitskomplex, den Christus zu spielen.‹

›Fräulein, bleiben Sie so stehen, Sie sind wie lebendig.‹

›Bitte, Daten will ich keine angeben, denn dann müßte ich Namen nennen.‹

›Chauffeur, gib Gas! Dich suchen sie sonst noch übers Radio. Ich will heute abend ins Kino.‹

›Jungs, hier ist ja was los, was liegt vor?‹

›Das kommt ausschließlich auf die Bedingungen an. Würden hier zwanzig Meter lange Schachtelhalme wachsen, dann hätten wir in drei Tagen die Dinosaurier.‹

›Ausgenommen hat er die Großen, weil die Kleinen ihm nichts gegeben haben.‹

›Unser Chauffeur, wenn der Kirschen holen soll, bringt er uns Pflaumen an.‹

›Seitdem man sie beklaut hat, lieben sie sich.‹

›Ich will aber wissen, wer der Schuldige ist! Schiebt mir das bloß nicht auf die Bibel.‹

›Ist der aber vorsichtig, eh der in eine unübersichtliche Kurve geht, läßt er sich vorher notariell bestätigen, daß da nichts fährt.‹

›Aber geh, František, du Dämel, Wein muß in Fässern reifen, in Flaschen wird er dir nichts.‹

›Zur Strafe wollten sie mich aus irgendwas rausschmeißen, doch die hab ich geleimt. Ich war nirgendwo organisiert.‹

›Wenn man mir heute sagt, ich soll ins Wasser springen, dann spring ich.‹

›Ach, ihr lieben Leute, wie fallen mir die Menschen bloß

auf die Nerven! Wahrscheinlich werd ich an die Sázava gehn und Hühner züchten.‹

›So, ihr Herren, was ihr mir hier all die Jahre erzählt habt, darüber schreib ich 'nen Roman. Und wenn den keiner rausgibt, dann schick ihn ihn als Postsache rum.‹

›Erholungszentrum Poldi, Kurbad Koněv, alles aussteigen.‹

Die schöne Poldi, das sind dann auch ein Teersee und Halden und Baracken und Unterkünfte, ein Stacheldraht trennt die Fabrik von wohlriechendem Getreide und Gemüseschlägen. Aus den offenen Fenstern der Wohnbaracke wallt der Geruch von Urin, und die übereinandergestapelten Schläfer liegen so auf ihren Pritschen, wie sie nach der Nachtschicht eingeschlafen sind, die Handgelenke den Injektionsspritzen des Lichts hingestreckt, behaarte Kerle mit gebrochenem Genick und ausgerenkten Armen spielen Karten und verleihen ihren Rufen die Gültigkeit grimmiger Dinge. Das ganze Lager scheint gespannt darauf zu warten, daß plötzlich etwas Grundsätzliches passiert, daß plötzlich einer klopft oder daß ein Radio angeht und alle Menschen gleich darauf lieb und schön sind. Und von draußen dringt ein kreischendes Plakat herein, eine Harmonika beschreibt optimistisch einen Farbdruck, und auf dem Tisch der Brigadeleute gibt es kein Blümchen, kein Sträußchen, an das sich die Welt lehnen könnte. Ich stehe in der Tür der Unterkunft, der Flur ist so lang, daß man vom Türrahmen, in dem ich stehe, kaum bis zum Türrahmen am Flurende sehen kann. Und als ich den langen Gang hinter mir hatte und mich umdrehte, war die Tür, in der ich eben noch gestanden hatte, so klein wie ein Fensterchen. Eine Baracke wie diese, das ist eine Rattenfalle, eine Falle, die an beiden Enden von der dauernd wechselnden Perspektive zugeklappt wird. Der alte Kurbadbewohner, der mich hergebracht hat, schrumpft beim Durchschreiten des Flures, wird kleiner und kleiner, bis er so winzig ist wie ein Halmafigürchen, vor dem scheinbaren Fensterrahmen hinten am Ende des Flurs bleibt er stehen. Ich öffnete die Tür in den Raum hinein, Ringe und goldene Vierecke füllten die Luft. Hier scheint einer unvorsichtig mit einem Schrapnell hantiert zu haben. Nicht kaputt sind nur zwei Mostrichgläser, die Schlösser an den Spinden sind verbogen wie rachitische Fingerchen. Dann kam ein Brigademann und sagte, er heiße Jarda Jezule, Kürschner. In einer Hand hielt er ein Köfferchen, in der andern gesammelte Schriften. Zu unseren Füßen lag ein umgekippter Ofen, das Abzugsrohr ragte wie der Kotbatzen eines drolligen Riesen aus der Wand. Und Jarda Jezule setzte sich auf das Doppelstockbett oben, ich legte mich auf die Pritsche darunter, Jarda zog sich einen Schuh und einen Socken aus, sein Fuß war ganz klein, ein Füßchen, rot vom Scharlach und verschrumpelt wie der Klumpfuß eines chinesischen Mädchens oder wie die Schnauze einer Bulldogge. Er knetete sich die Zehen des Fußes warm und stopfte dann die Spitze des leeren Schuhs mit Zeitungspapier aus, wobei sein rotes Füßchen vor meinem Gesicht wippte, ich lag auf der Pritsche unter dem Kürschner wie einem Bach, in dem er seinen Fuß badete. Und im ganzen Lager rumorten Stimmen, es war ein Rufen und Zeichengeben, durch die Wände roch es

nach Waschraum und Klo, von den Luftschaukeln her-
über schmachtete eine Drehorgel, und vom Fenster
gleich gegenüber sah man eine gleich lange Wohnunter-
kunft, Baracken, die wie Kriegslazarette ineinander verschachtelt waren.

Die schöne Poldi ist aber auch der Weg aus der Unterkunft, vorbei am schwarzen Teich, eine Motorpumpe
spritzt ein Bächlein hinein, eine Zigeunerin steht auf
einem Stein und wäscht ihre Lumpen in dem kleinen
Teich, gleich neben rostbraunen Steinen und einem ver-
senktem Fahrrad. Hier komme ich mit Jarda Jezule
vorbei, wenn wir ins Schwarze Roß gehen, um Klavier
zu spielen und Rum zu trinken. Die gesammelten Werke
liegen unterm Bett, sollen die etwa Lesestoff sein? Wo
wir während einer Schicht am Martinsofen zwanzig
Bier trinken und kaum ein Kaffetöpfchen voll pinkeln?
Fürs letzte Geld haben wir uns künstliche Rosen ge-
schossen. Dann kehren wir zurück. Die gefangenen
Frauen sind schon in ihrem Lager, in Baracken, die ein
verschalter Zaun mit einem Aufbau aus Stacheldraht
von unserem Lager abteilt. Erst heute hab ich durch das
Loch eines herausgestoßenen Astknorrens beobachtet,
daß es bei den weiblichen Häftlingen drüben sauber ist,
sie haben rohleinene Tischtücher und Sträußchen aus
Feldblumen, während bei uns, die wir frei sind, eine
Sauwirtschaft herrscht. Eine der Gefangenen ist schön,
sie hat zwar ihre Mutter in den Brunnen gestoßen, und
als die Mama sich an den Betonringen zum Licht her-
aufhangelte, da hat das schöne Kind ihr mit dem Beil
den Kopf zertrümmert. Zwei Brigadeleute hatten ver-
sucht, zu der Mörderin über den Zaun zu klettern, die

Wachen schnappten sie, als sie schon die Hände nach der schönen Gefangenen ausstreckten, und sie faßten ein paar Ohrfeigen und anschließend je drei Monate Bau. Beim Walzwerk habe ich ihr ein Blümchen geschenkt, es war, als hätten der Mord und die Strafe das Mädel reingewaschen, ja, vielleicht würde sie heute ein ordentliches Leben führen, Tischdecken, Blumen, linde Worte. Abend für Abend, wenn sich diese Gefangene badete, war jedes Astloch von einem Brigadeauge besetzt. Ihr Leib war mit feinen Härchen bedeckt, mit einem hellen Flaum, so daß ihr ganzer Körper in einen Heiligenschein gehüllt war. Während sie sich schrubbte, geriet sie ins Träumen und hielt in einer eigenartigen Pose inne, doch vergebens strengten wir unsere Brigadeaugen an, vergebens stießen die Stärkeren die Schwächeren von den Astlöchern in den Brettern weg. Und ich sah, daß sie jedes Astlochauge kannte, ja daß sie auf die Männeraugen wartete, nackt wusch sie sich nur der begehrlichen Augen wegen, die ihr den Korso ersetzten, das lockere Schlendern am frühen Abend die Hauptstraße hinab. Doch was die Männer am meisten fertigmachte, war nicht etwa ihr bloßer Leib, sondern das Schattenspiel in der Unterkunft, wenn die Gefangene erst das Laken vors Fenster hängte und dann ihre Silhouette und ihre unzüchtigen Bewegungen wie im Kino von der Glühbirne auf die Leinwand werfen ließ. Und wir alle hüpften hinterm Zaun, kletterten zu den Stacheldrähten hinauf und fielen herunter, erhoben uns aber wieder, doch kaum drückten wir das Auge ans Astloch und erblickten das Schattenspiel, krabbelten wir auch schon wieder in die Höhe und wollten in die

Frauenvoliere hinübersteigen, denn die schöne nackte Gefangene streckte auf der Leinwand die Arme aus, und in ihren Gesten lag so viel Sehnsucht, daß jeder Mann überzeugt war, sie reckte die Hände allein nach ihm, nach jedem einzelnen von uns. Glaubte sie dann, genug gespielt zu haben, schlüpfte sie in den Trainingsanzug, nahm das Laken ab, schlug das Bett auf und kroch wie die anderen auf die Pritsche, steckte sich eine Zigarette an, schob eine Hand unter den feuchten Schopf und las einen Schmöker. Wir trollten uns in unsere Baracken und ließen das erleuchtete Frauenlager hinter uns liegen, die gefangenen Frauen, die auf jedem Tisch ein Sträußchen Kornblumen und Klatschmohn stehen hatten. Nur hinterm Gitter des Duschraums lehnte am Fensterrahmen der Kopf der halbverrückten Gefangenen, die der Drehorgel lauschte, die an der Schießbude »Harlekins Millionen« spielte. Wie ein Brillant funkelte eine Träne im Ring ihres Auges. Das ist bei den Menschen so, wenn sie ganz unten sind, dann füttern sie ihre Augen mit schönen Gegenständen. Die Welt ist voll von Kunst, man muß nur wissen, wie man sich umschaut und sich dann dem unerschöpflichen Gewisper anheimgibt, den Kleinigkeiten, der Sehnsucht und dem Wünschen.

Die schöne Poldi ist auch, wenn sich der Schleifer unvermittelt die Brille runterreißt und von der Arbeit fort nach draußen läuft, nur weg, nur weg, und zum Himmel aufschaut, dann auf die Halde aus rostigem Schrott, auf die Vögel, die irrtümlich gekommen sind, um aus der brodelnden Pfütze zu trinken, wenn er zusieht, wie das verbrühte Körperchen in die verrosteten

Röhren hüpft, wie alles seine Folterkammer hat, alles aber auch sein Paradies. Und der Schleifer kehrt in seine Knüppelschleiferei zurück, legt wieder die Schutzbrille an, drückt auf den Knopf und macht sich wieder an die Arbeit, kettet sich wieder an die Schleifmaschine. Jedermann ergibt sich ab und zu der Meuterei. Der Mensch hat es sich versagt, sein allerursprüngliches Leben zu führen, deshalb lenken die Engel die Rettungswagen und lesen die anderen Engel auf, die in zwei Hälften zerbrochen sind.

Gern gehe ich in die Betriebskantine, vorbei am schlafenden Knüppellager, wo in Schichten die Stahlblöcke ruhen, ausgerichtet wie Eichenkloben. Dann blickte ich zum Himmel hinauf, wo mir urplötzlich ein Kopf erscheint, so groß wie das nächtliche Firmament, ein Kopf mit einer Locke, die von den Sternen versengt ist, ein Gesicht aus nie zuvor gesehenen Einzelteilen. Stahl mit einem Zuschlag von Wolfram und Kobalt gleicht an der Schnittstelle den Farben asiatischer Schmetterlingsflügel. Irgendwer pumpt mir Sätze ins Gehirn, längst vergessene Bilder aus Kindertagen, die bedeutungslosen Gegenstände und das Stimmengemurmel knacken mir das Herz auf, und ich, der Flußfaun, bin erneut geschlagen mit der Sehnsucht nach der Flußnymphe, ich durchquere das Wolframgelände, durch Mund und Nase einen Draht gezogen, und sowie ich von der Bahn abweiche, ruckt es schmerzhaft an meinen Nüstern.

Ich trete zum Elektrolytofen, die blaue Glasscheibe vor Augen, die Schmelze brodelt wild. Das hier ist die wunderbare Arbeit wunderbarer Menschen, der Raum im Martinsofen dröhnt wie ein Symphonieorchester, mit einem Blick überfliege ich den Arbeitsherd bis zurück zur Treppe, wo du mit mir die Lampe in den gläsernen Basar hinabtrugst, wobei meine Hand zum erstenmal deine Hand berührte und eine melodische Mangel mir das Herz zusammenpreßte. Die verstaubten Dressmen wurden starr vor Scharfblick und Konventionalität, der Schaukelstuhl deines Ganges gab mir ein erfrischtes Gehirn wieder, und der Blitz meines Gefühls zuckte hinüber in dein Haar. So kann man dann zu Ehren der Liebe in die kochende Schmelze stürzen, zu Ehren des Stahls mit dem Zusatz von mir und deinem Bild in mir, dem Bild, das mir ein kleines Kindergesicht mit einem etwas törichten Lachen aufdrängt, weil das jüdische Mädelchen Rasierklingen spuckte und ich mir die Hände zerschnitt. Die schönen Heidelbeernächte füllen mir die Leber mit Morgendämmer, und die Düse meines Herzens spritzt mir ein Blutgemisch ein. Die Sonne fährt aus der Finsternis aus, und das wogende Getreide wirft sich wie ein leinener Weiberrock. Die Rädchen der Fördergruben drehen sich rückwärts, in den Kolonnen der weißgekalkten Kirschbaumstämme ruhen sich die Bunker der Soldatenfriedhöfchen aus. Die Posten bewachen die drahtumzingelten bestraften Frauen, und die Schwalben tragen in ihren Schnäbelchen die Botschaft der Geige aus. Die weiblichen Sträflinge stellen sich auf, ich suche meine Schöne, doch sie ist noch nicht da. Ein paar Sträflingsmädchen haben die Haare wie die vornehmen Damen hochgekämmt, haben sich ihre groben Blüschen und Hosenbeine bis über die Ellenbogen und Knie aufgekrempelt, wie Gassenmädchen bei einem Sturzregen, wie Millionärinnen, die sich an den

Stränden von Miami sonnen. Die Welt hält diese Mädchen durch das Äußere aufrecht, durch Lippentusche, die Zahnbürste, die Hautcreme, durch die Männeraugen. Das sind Pflaster und Kompressen auf zehn, auf zwanzig Jahre. Auf lebenslänglich. In einem Käfig am Eingang des Frauenlagers tiriliert ein Zeisig, dem sie die Augen ausgestochen haben, damit er besser singt. Süße überschwemmt meine Brust mit dem Duft von Nagellack, mit einer Schokoladenwanne, einer Schlachterpistole. Ich denke an Zigarettenhülsen, Zwergglühbirnen, an Schirme von Grableuchten, an eine Vergolderpresse, an Wallfahrtsdornen und Organdy. Und Maiglöckchen rinnen mir aus den Augen. Schöne Poldi, du Kupferabdruck, du Köpfchen mit dem Duft eines Medaillons und dem Duft von Haaren, die von den Sternen versengt wurden, das Schönste, das ich je gesehen, damit werde ich dich behängen, wenn Emailkrüge vom Himmel fallen, wenn ein wahnsinniger Mond die Reflexe deiner Reflexe zurückwirft. Selbst die Luft ist von dir gesättigt. Es genügt, eine Telefonnummer zu wählen, schon wird am anderen Ende ein Amethystapparat abgehoben, und aus deinem Munde strömt die Luft, von elekromagnetischen Wellen übertragen, strömen gefrorene Worte, Seesterne, Fasern, Laboröfchen, Nullleiter und ein Vibrator. Ach, könnte ich dir doch meine Augen leihen! Es ist so schön, verliebt zu sein, einen kleinen Elekromotor bei sich zu haben. Denn auch die Berührung des Rasiermessers läßt sich zwanzig Jahre erhalten, ja länger. Mir ist immer nach mehr, wenn ich an dich, Poldiliebste, denke. Als besiegte ich mit dir das diamantene Weltall.

Ich legte mich auf die Pritsche, doch erst verschmore ich mit einem Streichholz die Wanzen in den Ritzen. Die Sonne strickt einen Strumpf aus Brillanten. Mit Kreide schreibe ich deinen Namen ans Brett der Pritsche, auf der Jarda Jezule sich vor Wut das Laken um den Leib schlägt und wieder abwirft, die Spreu des Strohsacks rieselt mir in die Augen. In dem verwüsteten Schrank steckt ein Messer. Jarda Jezule richtet sich auf, läßt sein rotes Füßchen mit den gebißähnlichen Zehen baumeln.

»Du, Jezule«, sagte ich, »wo hast du deinen Lesestoff, die gesammelten Werke?«

»Was für Werke?«

»Die Werke, mit denen du gekommen bist«, sagte ich und malte Poldinkas Köpfchen auf das Brett, das Köpfchen mit der von den Sternen versengten Locke.

»Laß mich damit zufrieden«, Jarda beugte den Kopf herunter, »fünf Kilo hab ich abgenommen. Und die Wanzen und das Scheißhaus gleich nebenan, ist das nichts?«

»Im Kazett hat es sogar Dichter gegeben«, sagte ich und malte weiter, »aber Jezule, ein bißchen Romantik...«

»Aber ich bin nicht im Kazett!« schrie Jarda, und das Blut schoß ihm ins Gesicht.

»Genau«, sagte ich, »genau, doch Sturm und Platzregen dauern nicht den ganzen Tag. Freilich, in dir steckt kein bißchen Romantik, Jezule, kein bißchen.«

Der Brigadearbeiter Jarda, der ehemalige Kürschner, umklammerte die Bettkante, beugte sich nieder, und sein Gesicht sprühte vor Wut. Das Antlitz eines Wasserspeiers an einer Kathedrale.

Und er sprang herab, und sein rotes Füßchen patschte, dann kam er hinkend auf mich zu und richtete den ausgestreckten Finger wie ein Messer auf mein Gesicht. Eine ganze Minute hielt er mich mit den Augen in Schach und machte Miene, mir etwas schrecklich Wichtiges zu sagen. Dann winkte er ab, als verwerfe er, was er mir so Wichtiges hatte sagen wollen, und als verfluche er es und mich dazu. Er spuckte aus und begann, sich die leere Schuhspitze mit Zeitungspapier auszustopfen.

»Du«, sagte er friedlich, »Kafka, taugt das Wässerchen gegen Läuse, taugt es?«

»Es taugt«, antwortete ich, »es taugt.«

»Dann, Kamerad Kafka, schlaf, du kommst von der Nachtschicht, also schlaf«, sagt Jarda Jezule und hob den Schuh und blickte wie ein Wissenschaftler hinein. Ich nickte ein. Und hörte, wie Jarda unterm Bett kramte und dann irgendwelche Bücher am Knie abstaubte.

So stehe ich wieder Morgen für Morgen auf und habe keine Zeit, an mich selbst zu denken, zu überlegen, ob ich glücklich, ob ich unglücklich bin. Schon im voraus kenne ich die erste mechanische Bewegung meiner Hand zum Wecker, ich greife ihm verschlafen zwischen die Beine, um das Klingeln seiner Nickelhoden zu stoppen. Dann der gleiche tappende Griff zum Schalter an der Wand und das gleiche erste schamhafte Betrachten jenes Menschen, der zu früh erwacht ist, der zerzaust ist und stinkt, jenes Menschen, der sich mit dem Wecker in der Hand wieder aufs Bett setzt. Jeden Morgen stelle ich das Radio an, suche Berlin und lausche... Zuerst nichts, doch wenige Minuten vor vier ertönt die Internationale, vom Chor gesungen mit Musik, dann eine bekannte, liebe Stimme: Guten Morgen, Towaryschtschi, hier ist Moskau... danach dreißig Sekunden Stille, und plötzlich der morgendliche Lärm einer Moskauer Straße beim Kreml, ein paar Pfiffe, ein paar Hupen, und schon fangen die Kremlglocken an zu schlagen... eins, zwei, drei, vier, fünf, sechs... und wieder die liebe Stimme: Towaryschtschi, hier spricht Moskau, guten Morgen, es ist sechs Uhr... und noch einmal die Internationale, vom Chor zur Orchesterbegleitung gesungen... Das heißt, bei uns ist es vier, das heißt noch ein paar Minuten Zeit, und es lohnt sich, ins Bett zu kriechen und auf den Sekundenzeiger zu blicken, der langsam vorrückt und noch einmal und wieder tickend seine Runden zieht. Manchmal schlummere ich sogar für drei Minuten ein, doch dann muß ich aus dem Bett raus und mich dem Automatismus unterwerfen, der wahnsinnig und exakt ist, besonders morgens, wo es kein Nichtleben mehr gibt, schleunigst anziehen, dem Zwilling im Spiegel die Zähne putzen und grübeln, warum man sich Tag für Tag rasieren und mehrmals waschen muß und essen und mit der Sitzordnung im Kopf rumlaufen. Warum dauernd diese Angst, ich könne irgendwo etwas verpassen? Ich beschwichtige mich, du mußt tapfer sein, du mußt tapfer sein, mußt, mußt, du mußt! Ich wiederhole mir das oft jede Stunde, morgens aber jede Minute, damit ich mich leichter wasche und die aufdringlichen Gedanken leichter auf später verschiebe. Ich gehe aus dem Haus, es beginnt zu regnen, ein feines Nieseln legt sich über das ganze Land, über mein Gärtchen, ich spüre, wie nötig ich den Regen habe, ich nehme tastend wahr, wie das dunkle Wasser bis zu meinen Würzelchen vordringt und den Kalkstaub mit fortspült, ich spüre, wie meine Kapillaren schlecken und ich zur Goldparmäne werde, zum Himbeerapfel, zum Jungfernapfel, ich denke bei mir, was brauche ich mehr, um glücklicher zu sein? Ich habe Appetit auf Kalium, Phosphor, Stickstoff. Und mache die Augen auf, und der Automatismus hat mich schon längst auf den Sitz im Bus befördert, ich nehme wahr, wie die Perspektive mich in die Straßen einschlürft, die in der Ferne so schmal sind, daß gerade noch ein Fahrrad durchschlüpfen könnte, und trotzdem, sind wir dort, dann passen zwei Autobusse nebeneinander, und die neue Perspektive lügt uns am Horizont eine weitere Verkleinerung vor. Entgegenkommende Fahrzeuge, von weitem gleicht eins wie's andere einem Doppelpunkt, der sich immer mehr vergrößert, bis die Scheinwerfer vorbei sind, ich sehe, ist es der gleiche Bus wie der unsere, in einem bestimmten Moment sind wir füreinander Spiegelbilder, doch nach ein paar Sekunden sehe ich im Heckfenster das rote Licht immer kleiner und kleiner werden, bis es irgendwo vorzeitig erlischt. Ich blicke mich um und bin nicht allein. Einige Brigadeleute schlafen, träumen ihren Traum zu Ende, denken nach. Schön ist das grüne Lämpchen am Instrumentenbrett des Busfahrers, ein Lämpchen von der Größe eines beliebigen sichtbaren Sterns. Der Busfahrer hat gleichzeitig die Chaussee vorn, zu beiden Seiten und durch den Rückspiegel auch hinten im Auge, zugleich nimmt er den Zustand des Motors wahr, gibt mit der Fußsohle Gas oder nimmt es zurück, tritt auf die Kupplung, die

Bremse und dreht mit den Händen das Lenkrad. Jetzt in Vokovice bückt sich der Busfahrer wie jeden Morgen und blickt wie jedesmal auf dasselbe Fenster, und wenn Licht im Fenster ist, sagt er: »Sie ist schon aufgestanden.« Und ist das Fenster dunkel, dann hupt der Fahrer, hält an und hupt so lange, bis das Licht im Fenster angeht, und der Autobus fährt zufrieden weiter. Ich stelle mir vor: Dort hinterm Fenster steht das Bett einer Postangestellten, sie erwacht nach einer bestimmten Abmachung mit dem Busfahrer, ich sehe sie auf der Bettkante sitzen, den Strumpf in der Hand, und zögern, ob es Sinn hat aufzustehen, das zerzauste Mädchen im Spiegel zu sehen, ob es Zweck hat zu leben. Doch der Autobus fährt bereits die Chaussee am Flugplatz Ruzyně entlang, der ist erleuchtet, bestimmt ist eine Maschine angekündigt, die Landepiste ist von rubinroten Lichtern gesäumt, die am Ende des Flugplatzes zusammenlaufen, so daß sich einer, der am anderen Ende stünde, sagen müßte: Die roten Lampen treffen genau dort zusammen, wo der Bus vorbeikommt... Und das Flugzeug wirft einen Kegel auf die Landepiste, setzt auf, wird kleiner und landet, doch es ist so winzig wie ein Kinderflugzeug mit Gummibandantrieb, die Flügel wenden sich herum, die Farben haben gewechselt, und die Maschine nähert sich wieder dem Bahnhof, wird größer, obwohl es so groß ist wie zuvor... ich schließe die Augen und sehe, es ist alles ganz anders, als es erscheint, als es ist... alles hängt am Gummiband der Perspektive, sogar das Leben selbst ist Illusion, Deformation, Perspektive... Ich öffne die Augen, wir sind vor dem Stahlwerk, die Brigadeleute wecken sich gegenseitig: Steh auf, du hast Koks gekriegt. Und ich gehe wie die anderen, mit der gleichen bedrückten Geste durch das Pförtnerhaus, zeige meinen Ausweis vor und begebe mich zu den Duschräumen, den Umziehräumen. Ich sehe ein Bähnlein aus der Kurve rollen mit glühendheißen, fünfundvierzig Zentner schweren Brammen, die noch rosig sind; wie Mädchen, die zur ersten Tanzstunde gehen, haben die Brammen es geschafft, ihre Masse zu verbergen, denn sie waren aus Kreppapier und mit warmer Luft aufgepumpt und an einem Faden festgebunden, damit sie nicht wie die Luftballons auf und davon flogen... so luftig und reizvoll und unwirklich... Doch die Lokomotive schnaubt Dampf und zieht fast auf den Knien, mit letzter Kraft, ihre rosige Last an mir vorbei, die mir Haare und Sachen versengt, und ich sehe, das sind Tonnen über Tonnen Stahl, große Obeliske, so und so breit... aber ich sehe sie einen kurzen Augenblick in ihrer vermeintlichen Wirklichkeit, die sich aber sofort verkleinert, und ich beschleunige durch Entfernung dieses Verkleinern, ohne daß sich dadurch an der Wirklichkeit des Bähnleins mit den Brammen etwas ändert... Schnell ziehe ich mich dann aus, nach der immer gleichen Tagesordnung streife ich darauf das Unterhemd über, dann das Hemd, dann die Turnschuhe, dann die Trainingshose, dann die Hose, danach kommen die Schuhe dran, dann das Katzenfell, dann die Schlosserhose, dann die Schlosserbluse, dann die Schürze und die Handschuhe und zum Schluß der Hut, so gehe ich wie die anderen Arbeiter rasch in die Nacht hinein. Der Morgenstern, groß, doch nicht größer als das grüne Kontrollämpchen am Schaltbrett des

Busfahrers, der Morgenstern prangt am Himmel als das Anfangssignal aller Morgenschichten, doch auch als das Endsignal aller Nachtschichten. Ich drehe mich um und sehe: Fern oben am Hang schnauft das Bähnlein mit den fünfundvierzig Zentner schweren rosigen Brammen, es ist schon ein anderes, doch immer noch dasselbe Bähnlein, das mir eben erst die Alltagskleider und die Haare versengt hat. Jetzt aber fährt es schon nach Koněv hinauf und ist droben am Hang so winzig, nicht größer als eine Spielzeugeisenbahn am Bindfaden... Alles hängt am Gummiband der Perspektive.

Inhalt

Sanfte Barbaren
Bibliothek Suhrkamp 916. 1987

Ich habe den englischen König bedient. Roman. 1988
suhrkamp taschenbuch 1754. 1990

Das Städtchen am Wasser. In drei Büchern.
Die Schur. Schöntrauer. Harlekins Millionen. 1989
suhrkamp taschenbücher 1613-1615. 1989

Die Zauberflöte. 1990

Die Katze Autitschko. Erzählung
Bibliothek Suhrkamp 1097. 1992

Hochzeiten im Hause. Ein Mädchenroman. 1993

Leben ohne Smoking
Bibliothek Suhrkamp 1124. 1993

Verkaufe Haus, in dem ich nicht mehr wohnen will.
Roman aus sieben Erzählungen. 1994

Bohumil Hrabals Lesebuch
Bibliothek Suhrkamp 726. 1981

Hommage à Hrabal.
Herausgegeben von Susanna Roth. 1989